笨珍海岸

馬華文學創作大系／01

李宗舜 著

序

告別諸神的黃昏

辛金順

最初讀李宗舜的詩，是在八〇年代初期，那些以黃昏星的筆名發表在一系列神州文集中的詩作，躍馬紙上，並在抒情的節奏裡，呈現著一種古典婉約的幽光。那時的神州諸子，集結台北，呼嘯江湖，卻不意陷落在六〇年代以來國民政府全力提倡中華文化復興的氛圍裡，因襲著中國古典傳統的遺緒，在政治戒嚴的台北，以古典中國的想像，構畫著他們的文學大夢。所以縱觀神州詩社的創作群，他們那時候大部份都接受中華文化復興的大論述，或在文化體制上，宗經中國古典傳統的建構，以古典想像的符號，不斷通過書寫，內化著他們離散的身世與存在的情境。

所以宗舜早期的詩，服膺於古典抒情的美學，折射著一種風格上的典雅明麗與浪漫色彩，而這樣的風格，固然擺脫不了天狼星詩社與神州詩社溫氏兄弟所賦予的詩學觀，另一方面，卻也呈現了其自身內在流離的經驗和情感的認知。就神州社諸子中，他的詩風與周清嘯的詩，最為貼近，不論是語言的展現、修辭的技法，意象的設置，以及節奏的調度等等，都可看到他們在彼此跨越間相互重疊的光影。只是宗舜的詩風比較放朗，而清嘯的詩風卻趨向內斂，這或許與他們的性格相關，但卻也自成了神州詩社中一脈二峰的壯麗風景。

是以，從其處於神州詩社前後期的詩作來看，可以窺見他所耽溺於古典符碼的構思，並不是出自於自覺性的表現，而是通過一種詩學模子的模仿與進入，以及所處的時代語言影響構成，並通過傳統抒情的音色，展開了他一系列的詩創作演練。故這時期的詩，我們可從中俯拾出：「行水」、「山河之外」、「鐵蹄千遍」、「關山飛渡」，「長城傾倒」、「燭火」等等古典語言與符徵，並焊結成一套穩定的語意系統，以去進行青春狂少的想像與生命的無限追尋。如〈穿行〉一詩：「你是舞台，我在台下看你／因為你的悲懷而使我想盡了悲懷／你是雪，我是鞋／踏破了所有的蹄聲／難以尋獲從前受創的腳印／現在又要穿行，又要隱滅／在浩浩蕩蕩的人海中」，或「風像一把蕭索的笛／把夜化成霧　化成了雲」（〈山水〉），詩的節奏頓挫有致，情感飽滿，意象轉換的順諧與技藝熟練等，展現了他個人在傳統抒情上的才具。唯這樣的古典意符，放在八〇年代後的赤道大馬，難免會存在著語境上的錯置。

因此回歸大馬本土後的黃昏星，過渡到八〇年代末，開始以李宗舜的本名發表詩作。這時的他，歷經了生活上的磨練，體驗過人情世態的冷暖，賣過人工珠寶、也開過計程車，這些現實生活層面的深掘，不但讓他的思想更趨成熟，也讓他在停頓了八年新詩創作後，有了一個語言轉換與題材開拓的契機。故檢視這期間的詩作，可以發現他已逐漸摒棄了古典的語碼與中國想像的抒情風格，並從一己私我感情的世界跳脫出來，且以多向的視域，創發詩性更大的空間。其中的詩作如：〈茨廠街的背影〉、〈蚯蚓〉、〈賭〉、〈有女同車〉、〈侏儒〉等，凹聚著生活的光源，映照出了現實社會種種扭曲的精神與面貌。尤其〈有女同車〉一詩，敘寫計程車司機乘載酒家女／妓女回家過程中的情景，具有客觀的描述與批判：「她們不斷地東拉西扯／不理我，路上駕著計程車／交通燈前的雙白線／該停還是過……她們偶爾和我搭訕，探討著／喜不喜歡吃冰淇淋／這嚴肅且具爭論性的問題」，全詩寫來，別有意趣，卻蘊蓄著對社會探照與映現的指認。而詩中的「雙白線」、「冰淇淋」、「爭論性」等，更是意有所指，使得詩性在敘說中開拓了更大的述行空間。另一方面，詩的語言明顯口語，平實淺白，由此契入日常生活內層，展示了社會的種種現象。同時，此一語言述行，也彰顯了詩人轉換身影過程中所形成的另一個位置——以詩做為自我實存的表徵，這有別於神州詩社時期，以古典抒情的符碼，建構古典中國的想像。

而詩，做為時代的見證與記錄，並非面壁虛造，或蹈空於想像的雲巔就有所成就，相反的，是必須貼近現實的厚土，體察社會人生百態，召喚出深刻的思想，展現批判的銳度，進而勾勒出個人存在的位置和意義。因此，深受現實社會生活洗禮的詩人，在面對國內族群政治的傾亂與矛盾，教育、經濟與文化等政策的不公不平現象，已不再服膺於詩之虛無的敞開，或滿足於技藝和修辭繁複的呈現，而是企圖以詩筆構畫一個時代最真實的聲音。是故，宗舜在〈詩人的天空〉一詩，陳述了個人在新詩創作上的立場，也揭示著對過去的批判與完全告別：

> 詩人的天空／是他房間的天花板／和纏結著無數的蜘蛛網
> 世界在風湧雲動／他卻在網內／編織著他的白日夢

這分對詩人自閉於一己的內在世界，而無視於外在社會的狀況，或世界變動的嘲諷，無疑呈現著詩人在自我與現實／生活之間的一種靠攏，以當下與時代進行對話的重要。換句話說，詩必需來自於生活，介入現世場景，關懷俗世情事，不然一切所想像的不朽，在蹈空之上，也只是「一束人造花」，或「昨日殘留的雨露」。因此黃昏星時期的古典中國想像，卻在李宗舜現實詩學的指向與辯證裡，被永遠擱置在台北神州的過往，一個不可能回去的昨日。

此後，李宗舜的詩即沿著這條詩觀，繼續探尋創作的前路。而他近些年來陸陸續續發表在文藝副刊與雜誌上的作品，透顯著與生活的密切連結，讓詩貼近現實存在的時空，體現著與時代共感的價值認知。這些詩，有的表現出所感所悟的日常生活點滴，或懷人與悼念之作，有的以針砭時事批判為主題，也有的記錄行旅間的山水景物等等，呈現了他多面視域的詩向，以及由此通過詩，展現出了其存在的蹤跡。而這些作品全都收集在這本《笨珍海岸》的詩集裡。故從這本詩集，可以窺探到宗舜這五年來詩創作的軌跡與特色。一如周清嘯在論及宗舜的詩時，曾指出宗舜要做的是與生活有密切感的詩人，而不是跟現實脫節，在詩的象牙塔中營造夢境，或在小我世界裡坐對虛無尋求不朽。這樣的評論，恰好也揭示了宗舜做為一個大馬詩人的自覺意識——回歸本土，關懷現實的創作意向。

故做為詩人，宗舜無疑如班雅明（Walter Benjamin）引述自波特萊爾筆下所描繪的拾荒者，在日常生活中撿拾著詩的片羽鱗光，分門別類、收集，並輯結成一冊詩的編年史，由此以去抵抗資本主義商品狂潮衝擊下的存在處境。而在闡述現代日常生活經驗的過程中，他以詩的再現形式，處理了生命對現實的關懷，以及詩人存在於當下的宣示。是以，由《笨珍海岸》此一詩集窺之，日常生活的書寫，幾乎成了這本詩集的主要核心。就如齊美爾（Georg Simmel）所認為的，一個哲學家必須能夠關注日常生活的事件和各種事端。這代之以詩人，亦可做如是觀。因為做為敏銳的詩人，無疑可從日常片斷的生活世界與瑣碎事物的經驗進行觀照，並從中煉造出一分詩的社會美學來。宗舜在這方面，有著相當深刻的諦視。一如詩集中的〈家常話〉，詩人所知所覺，所見所感的，都是生活中碎片式的日常物事，不論是從「波羅蜜嫩葉的雨露……」、「纍纍果實的飄香」、「榴槤園」、「紅毛丹樹」到「潮濕的泥地翻新」、「農家汗流夾背的栽種」、「稻禾在田裡的水中漫遊長高」、「等待的燈火在夕陽西下」等等片斷所輻湊而成一個農園景象，為的是述說一個日常的生活感覺，或在日常性（everydayness）中所存有的生活價值：

廚房一鍋湯酌下鹽巴
正為圓桌餐席
擺設碗筷
一瓢飲，對著五口的鄉音
講的是家常話

「家常話」做為日常生活的一種表述，在平凡中卻蘊藏著某種神聖性的展現，它透過「碗筷」與「鄉音」，凝聚成美好的生活情態，進而建構了家的存有意義。另一方面，這樣的農村日常描述，亦隱含著對現代資本主義的抗辯，或對異化與疏離的人際關係予以詩性的對照，從而讓詩，敞顯為一種言說，或一種具有思辯的探索。就語言上來說，此詩精簡從容，平實清晰，卻不失其詩藝的幽微與煉達。同樣的，在〈週日〉一詩，詩人通過他的觀察，隨著時間的流動而檢閱和感受著：「掃著落葉和一線陽光的少婦」、「提著一桶水下樓洗車的中年人」、「麥片麵包和咖啡的早餐」、「蔬果鮮肉擁擠的菜市場」、「大型書展」以及「人潮不斷湧入購物的天堂」。在此，目光的移動，拼貼著日常生活中瑣細的事物和片斷的場景，由此呈現了日常詩學的拼湊（或是蒙太奇）特色。而此詩所指涉的，無非是現代工業／商業社會制度所形成的生活行為和現象，即以「週日」，體現了資本主義社會所特定的假日生活形態——休閒，卻被常規化為「購物」的節慶，甚至被商品化異化和掏空了其之存在的意義。

而日常生活，一般上是單調而不斷循環與持續重複（repetition）。這如列斐伏爾（Henri Lefebvre）在《現代世界中的日常生活》一書所陳述的：「日常生活是由一連串的循環所構成：勞動與休閒的姿態、身體與實際機器的機械性運轉、時、日、週、月、年，直線式以及循環式的重覆。」然而，在循環與重覆中，人卻在等待中遺忘了自我。這也是海德格（M.Heidegger）所謂的「存在的陷落」（verfallen），即時間被空洞化，人在勞煩中的存在意義也因此成了無所為。而宗舜在〈等〉一詩中，對這方面有著很好的著墨：

月台和車站遠望皆空

上班族打卡機分秒跳動

計時的肥皂泡

消耗了青春薄暮

成就了那人閒散的晴空

在處於循環往返的日常中，現代人的時間被置入於「打卡機」上，重覆著如裝配線（assembly line）上枯燥的動作，一個接一個的日子，在如出一轍的線性過程，進行永無止盡的一連串活動，卻永遠沒有真正的進展。換句話說，時間在此被掏空，一如「肥皂泡」，存在也因此在等待中而被遺忘了。而人生的旅泊，在離散中虛幻如空。是以，在資本主義的社會裡，所有的勞煩，都只為了等待一個閒散時間（老年？）的來臨。

因此，從以上所舉例的詩，可以窺見宗舜在新詩創作上所具有的現世感，他通過日常生活的見聞，展現了一個詩人處在這現代世界的強烈存在體悟，並以詩筆，嘗試探入日常生活的細微處，由此暗示或召喚出其之存在的感知領域。而這樣的詩作，無疑也形成了一種靠近其自身生活的書寫風格。在其他的作品，如〈運動鞋〉中陳述閱盡崎嶇道途和人生起伏的運動鞋，仍每日以喜悅的心情迎接清晨的來臨；或在〈白日夢〉裡，面對創作成就的逼迫卻深感歲月無情的老去，以及〈時間〉一詩對時間流逝的具體銘刻：「旋轉木馬的上空／雲天飄過矮牆／山色靜默／又一輪殘照掛在窗前」等等，編織著日常生活的詩學，以迂迴的方式，撿拾和搜索自己的存在經驗，並以此尋繹他對生命終極理境的探求。

此外，綜觀宗舜這本詩集中的作品，其關切面不再純粹是一己的抒情，而亦表現著對「公領域」現實層面的關注、體察與審思，甚至進行批判反省的意向；或以實感的經驗，展開與時代／社會進行對話。這樣的創作，其實比較傾向於台灣「笠」詩社等詩人所追求的風格表現，即以「現實意識」書寫自己所處的時代與生活感受，體現出多數人共感的價值。在語言方面也較趨於平實的特質，而不再耽溺於修辭、錘鍊與節奏等文字的形式技巧。如〈預算案〉一詩以簡短四行，巧妙的將「堵車」、「油門計算里程」、「柴米油鹽」與「姍姍來遲的預算案」進行連結，由此批判政府完全不會體恤民生艱困的處境；而〈移民廳〉則通過對移民局廳堂的描繪，述寫外勞的侵入，所帶來治安的不靖，以致一些國內精英分子因此身投異鄉，移民到國外去；詩中「遙遠的星光會發亮／黑森林的鐵絲網在擴散」，及至「他們搭上過夜的車廂／數千里浮動的軌跡／不可能的原鄉」兩相映襯，托顯了入境與出境之間兩種不同心態與身份的移民現象。至於他的另一首詩〈寄居蟹〉卻直面大馬發生於2008年8月24日的極端沙文種族主義「寄居蟹論」，哀嘆馬來政客以歧視性言論，玩弄種族議題，並將華人視為無殼民族，寄居於大馬；也無視各族共同努力追求國家獨立的歷史事實，而將華、印裔族群排除在國族建構的議程之外，如：「默迪卡廣場歡呼的尾聲／旗海和人潮在血泊中／齊齊飛出」，無疑隱喻著馬來族群獨大，以及將其他族群從這國土上的歷史貢獻抹消，而詩中的最後一段：

在甘文定大飯店的黑洞
一群苦行者熱淚
灑落夢不成真的牢房

痛陳當政者常將捍衛族群權益的華、印裔政治人物，刑繩於內安法令之下，並通過不經審查即定罪的方式，將他們羈押於「甘文丁」政治扣留營內。類此之詩，直接對應現實政治議題的荒謬，扣緊了詩的時代性，進而呈現了詩人對現實世界的最大關懷。他的其他詩作如〈膠工〉、〈死亡鐵路〉、〈地震〉、〈礦難〉等，均在這樣的「現實關懷」中，展示了詩摺疊著個人內在情感經驗之外，如何「介入」現實的問題，或揭顯社會的種種現象，或記錄時代的聲音，或在人道的關懷上，給以深刻的凝視。

另一方面，宗舜以詩介入現實世界的同時，卻不忘以各種技藝試探著詩性深沉的內質。故他的一些詩作，有些疏朗明晰，甚至跨向散文述行的表現；然而一些詩作，卻為了完成詩內部的意義和思想，甚至張揚詩的形象思維，以奇詭變幻的意象，曲繞多折的語言，讓意念過於跳躍、扭曲，以至於詩行與詩行之間未能產生意義的連接，使得整首詩意象紛雜，並造成有句無篇的現象。這類詩有〈書〉、〈文采〉等，其中以〈切割〉為代表：

我們努力寫詩，做夢
在半掩門縫內痛飲井水
啃著隔夜麵包
認定倒掛的筆尖
半甲子夜色深沉
譏諷變調的文明現代史

有人送來沒有誌期的長途車票
有人油站添滿缸不回家的汽油

我們繼續祈禱

蒼白的雲端再次摔跤

有些路挽不回搭上的拱橋

有些風捕捉不到蝴蝶的彩影

上帝讀聖經

佛陀在菩提

我們忙切割

早熟的稻米

我們繼續祈禱

蒼白的雲端屢次摔跤

有些詩草草忘掉

有些夢落荒而逃

上帝讀聖經

佛陀在菩提

我們忙切割

早熟的稻米

這首詩摺疊了許多難言的意念，且在意念與意念之間，隱匿著許多難以理解的情感，以及個人主觀的傾訴。尤其對神州詩社恩怨的過往，對人情世態的感受，對理想夢望的失落等等，在類疊修辭手法的迴環覆沓中，層層遞進，製造了迴繞不絕的音感，由此以去突出詩的內在主題。然而，由於詩意的隱晦，也造成詩的符碼如秘語，因此只有相關具有共同經驗者，才能洞穿此詩的意義。唯以此試鍊詩藝和計算語言之詩作，在宗舜的這本詩集，只佔一小部份而已。

總而言之，就馬華詩壇而言，宗舜無疑是五字輩中極之少數仍然孜孜於詩藝的創發，或以詩，尋找生命理想／碑誌的詩人。尤其，當那些與他肩並江湖，共渡風雨的詩友都紛紛選擇向繆斯告退，安適於無詩無文的壯年之日時，宗舜卻愈發勇猛於詩路的探進，「用大量的血寫詩」，展演著他在新詩創作中的一分感興，不論是詩言志，或詩言情，甚至詩載道，在他的筆下，所記錄下來的，都是他大半生歲月的聲音。即使是面對「詩人的生計，冷果的稿酬」一般尷尬處境，但詩人「依然夜歸／依然燈火通明」（〈提款機〉），堅持著以詩明志的夢願。

如今，宗舜出版了他個人的第二本詩集，即從《詩人的天空》到《笨珍海岸》，無疑徵示著一個詩語言系統的轉換與完成，並由此告示著其詩回歸於本土的一個傲向。除此。這本詩集的出版，亦意味著向過去諸神（排列於其早期古典抒情詩作背後，如余光中、周夢蝶、鄭愁予，以及藍星詩社眾詩人等神像），以及向神州的想像與記憶告別，從此以其實感的經驗，人生的體悟，去樹立起自己獨有的詩風與語言特色。是以，詩作的結冊，及以〈笨珍海岸〉為書名，由此可以窺見宗舜做為大馬本土詩人所期待的創作定位，以及，其對新詩創作的關照與懷抱了。

2011年6月20日寫於中壢

目次

第一輯：音樂課　2006-2008

目次

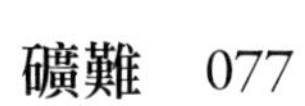

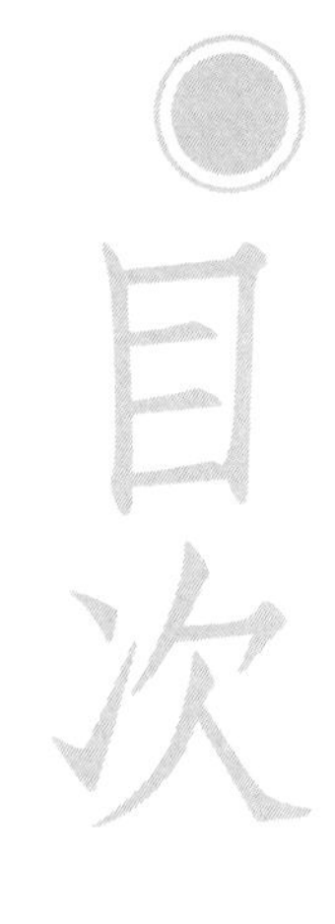

第四輯：長江大橋　2010

第一輯

音樂課　2006-2008

神話

燈籠的顏色

被嬉戲的孩童緊提著

神話千萬年

退卻了表層

他的故居很遙遠

他的故居真的很遙遠

染色的光輝

在嫦娥撥開的雲月

匿藏百姓家

深夜的皎月分外明

馬六甲的海岸線

鬼魅航向深深的百姓家
撥開的雲月，嫦娥修長的中指

百姓家膜拜祈福
成為永恆銘記的一束花
鮮明剔透
鑽進一草一木，亦現亦隱

2006年2月5日

遺蹟

不可能的

讓它飛翔

海堤的城堡

再度璀璨的燈火

有可能

在司馬遷的筆下　　閃爍

2008年8月3日

生死

今夜我把點滴織成布染

明日揮灑在豔陽的跑道上

2008年8月3日

等待

等你入夢

翻閱書頁折皺又發黃

挨過寒冰的上弦月

滴水穿山另一個世紀的你

在哪個國度的時光隧道

2008年8月5日

疆界

想她

不如接近她

愛她

不如遠離她

風箏的長線

一邊在牽動

另一邊在搖盪

把日子串起來

連同思念

連同無窮盡的疆界

2008年8月8日

溜冰場

人潮在旋轉廣場遊走

國慶日下午，手扶梯

在熱帶雨林雙威鎮

疲倦的空杯

移動長征的桌椅

室內溜冰場的大堂

一場雪正慢慢下着

2008年8月23日

逆

調色盤和盤底世界

空色最純

常因偶爾的揮毫

光澤，在倒觀時才發現

2008年8月29日

情人節

午夜驚醒
後巷有人
跨欄邂逅星光
為落葉的時節插上
一束玫瑰

翌日清晨毛毛細雨
清洗路面污垢塵沙
引來斑雀飛抵花店
當蓓蕾綻放的時候
情人節如是悄悄到來

2008年8月29日

地震
——記五月四川大地震

如臨大敵的雨天

流離於災區的殘瓦

撕掉震央頭條的號外

如此宣判地獄的黑區

2008年8月29日

一把火

完結不等於休止符

轉移到期待的窗外

有光源導火

世紀初的黎明

2008年8月29日

預算案

堵車的時候

油門在計算里程

從口袋送走柴米油鹽

親民預算案卻姍姍來遲

2008年8月30日

經典

一本荒唐可笑的長篇
兩部來歷不明的經典

原來是蝴蝶
變成飛蛾
在浩劫中穿插自己

是夢可以斷弦
是知音在大千世界
完成了深淵尋覓的章節

2008年8月30日

音樂課

三十三轉的黑膠唱片
輪迴不計其數
鑽石針頭尖叫
成了世代風華苦澀的音階
陪同眾生尋索的
長廊走道

十七歲那年
老師為我上了一堂
音樂課
叫詩歌

留下塵封的黑膠片

留下沒有針頭的唱機和

白髮積雪

*2008*年*8*月*30*日

夜宿大山腳

廿多年的樹影婆娑
漫步的里程囤積皺紋
擴大了年輪的齒印
今夜的風聲急急催促
誰是最遲的歸人

笑聲的回憶
在屋內改變了鄉音
重疊影子和夢的火花
延燒到盡頭
原來又是明天改弦的黃昏

不要再等三十年

唯有潮聲的後浪

在切割下一季的收成

註：留台聯總於7月26日至30日在吉隆坡及大山腳兩地舉辦台灣高等教育展，有幸全程參與。7月29日，與未曾謀面的黃英俊及廿多年未會面的菊凡、宋子衡、陳政欣相聚在大山腳菊凡兄舍下。子衡兄更多感觸的說：「以後不要再三十年不見」，言下之意可想而知，我則調侃：「文壇雖有青黃不接，棕櫚枯萎，還可再生」，遂有末段文句互勉。

2008年8月30日

寄居蟹

在入暮時分

我看到他，在陰暗處

挑燈抄錄最後

一頁史書

黑白相片

默迪卡廣場歡呼的尾聲

旗海和人潮在血泊中

齊齊飛出

一場補選過後

風雨再度來襲

圓得不能再圓的地球

轉一個圈

空氣中發射大大的標籤：

寄居蟹

在甘文丁大飯店的黑洞[註]

一群苦行者熱淚

灑落夢不成真的牢房

註：檳城巫統升旗山區部主席阿末依斯邁在826峇東埔補選期間發表華人寄居論，引起了華社強烈不滿。詩中末段「甘文丁大飯店」引自鄭丁賢時評「甘文丁大飯店的苦行者」，不敢掠美。

2008年9月9日

書

線裝裁剪機的針口
發黃的秘密裏，有人
尋尋覓覓
日子在倒退的魚群中消失

蟹行不見前方
當老師離開課本
寺廟告別木魚
鐘樓和風速對話
晚間新聞的發條
用鮮花對換倉庫的米糧

詩人和魔術師粉墨登場

微暗的舞臺上

揮灑的從無到有

夢幻的從有到無

為詩三百，立碑到後現代

吟唱是詩人，浪跡在天涯

2008年10月4日

改變結局

賓士的時速在馬路上
找到天使
雨過的晚天一道彩虹
璀璨了下弦月
電視臺的主持插播說
這是一則交通資訊
你可以改變結局

不戴頭盔是冤魂
回鄉改乘超速的長途巴士
長龍車隊每一把火
隨熔岩噴射

插隊提早和父老團聚
餐桌前觀賞鮮血滿地的螢幕

疲累時請在加油站停歇
喝杯鄉音的濃咖啡
落日或深夜
肯定是回家的感覺

註：電視道路安全廣告口號「你可以改變結局」深入民心。

2008年10月13日

第二輯

笨珍海岸　2009-2010

他帶走靜默的哀傷

最後我見到他
在居鑾，一個
熟悉又陌生的酒店
緊急召來醫生為他
作心電圖掃描[註1]

最後我見到他
在通往極樂世界的房號
破門而入時
祥和的臉及冰冷的手
即時奪走臉上的淚光[註2]

最後我見到他
在六號廳孝恩館
眾生拜祭和家屬的回禮
深夜誦經聲中
數十載的歌譜一頁頁的翻轉

去年他在臺上
為莘莘學子掀開
赴台的漫漫長路
推廣教育，鞠躬盡瘁
洋溢著喜悅的璀璨[註3]

今年在靈堂前

燭光閃爍靜默的哀傷

在你走過的路上

大夥兒將依靠在

你巨大的肩膀

註：

1）7月27日晚上10時許，東海大學郭俊欽教務長深感不適，即請來兩位醫師診斷，隨後作心電圖掃描，服藥後回房休息。

2）翌日上午8時，隨行參加教育展的東海師長賴蕾茹及李宜玲告知致電教務長住房，無回應，即上住房敲門，亦無回應，隨即召來酒店保安，破門而入，唯見教務長祥和往生，我握著他的手，心感冰寒。

3）留台聯總會長姚迪剛及眾理事，無數的東海校友在喪禮期間不辭奔波勞碌，感人肺腑。會長在發出簡訊時亦對教務長推廣教育不遺餘力表達敬意並提到「郭老師為推廣教育，鞠躬盡瘁」，是為記。

2009年8月5日

詩歌有如上課

窗簾掀開依山課堂
細雨霏霏，偶有歌聲
從詩中婉約跳出

此刻數十雙美目凝視
解讀堂前的說書人
是青青子衿，還是如歌
行板，有夢不在夢土上

每當有夢，卻有鄉音和弦
草場的遠山一字排開
遍灑的金光和稻禾
這時歌者或朗讀

從遠而近，至無窮盡

風聲，雨聲的課堂

依山課堂掀起的窗簾

無風而自動

細雨還是霏霏，圍繞在朗讀聲

從詩中婉約跳出

註：為韓新傳播學院文學課學生談詩創作有感而作。

2009年12月5日

笨珍海岸

雨停，車速如常到站
夕陽沉落雲層港灣
電話鈴聲急急催促
有故人，笨珍海岸另一端

這時該當有酒吟詩
歡聚的餐席在落幕海岸
宇宙光年，一千日不長
每回驚濤拍岸，流向
污濁的海灘

笨珍漁村排開的熾火
小船的星光閃爍遲到的歸航

紅樹林列隊在潮水中

車燈於另一個轉彎啟動夜光

夜光流螢，千日如鏡

唯潮漲潮退每日都在

笨珍海港，觸摸和風夕照

劃上歸人日夜廝守的星光

註：11月28日陪同家人夜宿笨珍好友張美增住家，靠岸聞風聽浪有感而作。詩人與好友近兩年半未謀面，是有「一千日不長」之歎。

2009年12月8日

鴕鳥正傳

（一）鴕鳥公園

探秘和尋幽車軌上

兜兜轉轉如入叢林

駕駛盤不聽使喚

把錯誤停靠在斜坡鹿場

原以為，此行一百公里路途

就此終止。唯翻轉

木橋盡處籬笆外

深鎖鐵門方圓內

竟是鴕鳥公園

（二）小鴕鳥

驚見小鴕鳥，毛稀腿粗

如雞不啼，隔絕塵世

九十晝夜，且

謝絕喧嘩更不聞音階

雜音入侵，則直衝牆角

斷翅至死如歸

大風起兮奈何

園中灑下如斯血淚

哺育另一個重生起航

（三）駝鳥蛋

夢幻加到廿七倍

是巨蛋，是岩石般

堅硬，是兩百斤重之

雙足踩下依然故我

是饗宴時莫非議

巨蛋如我

遠離喧囂

遠離膽固醇和特效藥

（四）騎駝鳥

黑布掩蓋直視的路線

跨上鐵欄，緊捉大羽

雙足腰挾其腿，此時
五尺高大獸
正為不尋常的遊戲
狂奔五十公里

（五）鴕鳥比賽
宇宙洪荒的四隻大鵬
賽場開閘前備戰英姿
金黃陽光灑落綠油油草地
在陸地上，我是駿馬
尾隨大羽展翅
一路奔馳到終點
為世人圓夢

（六）鴕鳥沙爹

一百五十斤重的八成骨頭

細嫩肉串和飄香醬料

脫落的羽毛

最珍惜品賞時

一隻鴕鳥在展場前面經過

（七）護膚產品

在九泉下，我知道

我是大鳥，我也是

美容高手，在武林

汝正為知音消瘦

不若一隻大鵬的殞落

傷感、哭泣、悲歌

（八）誰是鴕鳥

領隊解說每個故事
眼前歷歷閃爍，莫如
一年半前的雌雄難辨
爾後性器官顯現
純黑為雄，灰白為雌，莫如
靜觀對視則相安
掌中玉蜀黍即時啄個精光，又如
手握輕巧手機，一不留神
則成全大鳥最豐盛的午餐

誰是鴕鳥此刻已分曉
下回的分解不說
遇敵不躲閃，且直線追逐

腳踹的力度加快，截至

那人趴地為止

註：十一月二十八日與家人赴森美蘭芙蓉郊區尋覓鴕鳥公園，在沒有路牌指示下輾轉來到了斜坡鹿場的鴕鳥公園，經公園解說員的說明後方知許多關於鴕鳥的故事，如九十天內小鴕鳥須隔離，雜音入侵將撞牆而死。十八個月內雌雄難辨，爾後才從突顯的性器官區分，黑為雄，灰白為雌，尿便同步排泄。大鳥無齒，任何物體皆是佳餚，包括手機也可能是鴕鳥快餐。鴕鳥骨多肉少，二百公斤大人皆可輕騎，唯雙手必須緊握其大羽及腳挾大腿才能平衡。鴕鳥蛋巨大為普通雞蛋之二十七倍，膽固醇低且堅硬無比。牠的時速可達五十公里，為陸上鳥類奔跑之冠。鴕鳥全身是寶，從羽毛、骨肉皆價格不菲，舉凡美容產品、可口沙爹、手飾品，用途廣闊。

又鴕鳥遇敵不會縮頭，將直線以大腿踹踢敵手至趴地為止。本詩題為〈鴕鳥正傳〉，實有為此巨鳥平反之意，也希望世人透過與鴕鳥的接觸，更加了解現實中的巨鳥。

2009年12月8日

移民廳

移民廳是窗玻璃

透視降陸的外勞身影

遙遠的星光會發亮

黑森林的鐵絲網在擴散

探尋的鐵路漸行漸遠

悸動的歸心無影無蹤

他們搭上過夜的車廂

數千公里浮動的軌跡

不可能的原鄉

2010年3月25日

切割

我們努力寫詩，做夢

在半掩門縫內痛飲井水

啃著隔夜麵包

認定倒掛的筆尖

半甲子夜色深沉

譏諷變調的文明現代史

有人送來沒有誌期的長途車票

有人油站添滿缸不回家的汽油

我們繼續祈禱

蒼白的雲端再次摔跤

有些路挽不回搭上的拱橋

有些風捕捉不到蝴蝶的彩影

上帝讀聖經

佛陀在菩提

我們忙切割

早熟的稻米

我們繼續祈禱

蒼白的雲端屢次摔跤

有些詩草草忘掉

有些夢落荒而逃

上帝讀聖經
佛陀在菩提
我們忙切割
早熟的稻米

2010年3月25日

第三輯

提款機　2010

提款機

小螢幕大千世界
輸入的密碼挑逗語音
詩人的生計，冷菓的稿酬
晝夜提着行囊到處散步

詩人常用一輩子的腳印
兑現樓房的美景
青澀的青春徘徊
在提款機陰暗的巷口
猶疑着該不該赴一場
繁華而憂傷的盛宴

依然夜歸

依然燈火通明

提款機的吞吞吐吐

2010年10月9日

乘法表

我的乘法表是海

在星象中窮追瞭望

我的乘法表是樹

在黑森林荒荒的落日中迷途

2010年10月10日

末日

此時海水無浪

山崗無色，地球凝固

只有靜止的光影

像一隻大海龜

準備兩棲逃難

2010年10月11日

重逢

鬧鐘響自旅者的清晨
催促雲靄飄逸的航舵
歷盡山水嫵媚的風華
歇腳在不知名的長亭外
引來一陣鳥鳴及花蕾
閱覽風情增添堅石的回憶

花開花謝沾染了微塵
大澈大悟洗滌了凡淨
在旅者的心上和髮身
撥開了雲霧，臨摹出
一紙落款深深的彩虹

這是過去，和來生的垂釣相遇

又把兩邊的眷戀線裝串起

2010年10月12日

礦難

深坑的長長呼息道

併發一場史前的血管阻塞

火藥在洞裡和洞外引爆

泥漿於血海中堵住逃生的

那條回家的歸途

家眷苦等

神台上祭着遊魂

若有來生，誓不做礦工

為萬家取暖生火

註：悼記連日來中國及其他地區頻頻發生煤礦災難的生離死別家屬。

2010年10月13日

保險箱

積壓了許多傾聽的心事

色酒溫醇擱置斜角

記憶的白紙微黃

放大鏡自照前程

保險箱等待開鎖

為生銹的五十年粉刷銀漆

2010年10月13日

家常話

波羅蜜嫩葉的雨露
滴成纍纍果實的飄香
從榴槤園到盡頭的紅毛丹樹
有些潮濕的泥地翻新
在農家汗流浹背的栽種中

出土的新芽呼吸泥香空氣
稻禾在田裡的水中漫遊長高
等待的燈火在夕陽西下
廚房一鍋湯酌下鹽巴
正為圓桌餐席擺設碗筷
一瓢飲，對著五口的鄉音
講的是家常話

2010年10月14日

河與海

魚群逆流游去
海水的味覺
鹽的雪白鋪蓋麻包袋中

紅頭金色蒼蠅的鼻尖
往打撈網線不同洞口撲去
日頭正晒翻白的魚鮮

拋下沉重的鐵錨
河與海碼頭下濁流湧動
拍打的浪，赤背的影
尾隨馬達聲停歇而拉長

2010年10月15日

尋寶

在繁華似錦的書海中

苦苦尋索一個共通的字

謎

2010年10月16日

聖地

在路上，披着白頭巾

馬來女子婆娑的心情

回教堂禱告聲自凌晨到晚間

很久很久，一直往

永無止境的前端

她最後朝聖的方向

2010年10月17日

彩繪

恍恍惚惚多少個世紀

還是聖母般慈航

在相框的高度下

海角天涯

蒙娜麗莎微笑了幾百年

達文西一筆一筆彩繪了大半生

2010年10月18日

以為

以為晚歸的腳步
可以熄燈，安枕雨露
於潮濕的枯葉中
溫暖取火
以為野草叢生的涯岸
有一座渴望重逢的吊橋
芒果樹金黃的蜜汁
圍坐空等遊子返家的芳香

以為渡河就是彼岸
小舢舨的天空泛著星光
這夜的笙歌乘風破浪
逐個點起山下萬家的燈火

以為真實，更像雨花

開不動的引擎

輪胎繼續走路，和行人

在鬧市的街口相忘於江湖

2010年10月19日

等

月台和車站遠望皆空

上班族打卡機分秒跳動

計時的肥皂泡

消耗了青春薄暮

成就那人閒散的晴空

2010年10月20日

爬蟲

慢步起跑

蠕動的心臟大地

濕黏的泥濘任我逍遙

在那個光年

宇宙洪荒的時代

2010年10月21日

我們

歌詞有喉咳的聲線

在早禱聲中，一路唱題

經文翻滾血海

行想空色多時

蛛蜘網的天花板

在深更夢囈糾結

我是誰

誰又是我

2010年10月22日

退色

廣告匾牌金字

退色在漫長風雨中

當塵煙四起的車聲語言

劃過蒼空的寂靜

炎陽下突有海市蜃樓

為乾旱的市容

勾勒一幅七彩的壁畫

2010年10月23日

運動鞋

囤積沙塵的運動鞋

閱歷行人迂迴的道途

遊覽小說精彩的畫面

撫慰世人冷藏的蕭黯

卻心生喜悅

每天迎接清晨登岸的港都

2010年10月24日

廚房

巧手菜葉和莖分盤

剔透的蒜米粒

油鍋跳出火花

餐桌上家常菜餚

有醬油的地方就有醋

印度咖哩粉火燒爆香

油煙離開廚房

正好孩子脫鞋入門

扭開電視機

晚間新聞播放天地的災難

撲鼻的米飯和煎蛋

掛在牆上雙親的彩照

孩子心坎上最親的爹娘

2010年10月25日

鋸木

深鎖鐵門鋸木工廠

年輪的樹桐閒置四處

當鋸子刨過平直木板

製成長方的圖騰

工匠猛力鎚打鋼釘

正為合成的木箱隱匿私藏

2010年10月26日

不知覺的瞬間
——遙寄周清嘯

總在不知覺的瞬間想你
折騰了大半生的骨節
已經流失在滔滔大海

總在不知覺的瞬間
瞬間跨越聲音的肺葉
寂寥而又囚禁的城池
映照大旗飄盪的落紅
矮矮翠綠灌木叢中
你魚貫穿梭，筆直如峰
洒脫自成一棵大樹

是歌者自彈自唱

還是亡魂早已失散

你撐傘路經的雨衣

幾滴淚還在胸部緩緩流淌

註：周清嘯於2005年8月22日往生，再寫詩紀念英年早逝故友，瞬間過了五年。

2010年10月27日

音響

調音師空谷的聽覺

真空管擴大器微小失真

如舊時禮樂詩經

失傳的歌譜尋到原鄉

多少天籟的音色將時節

挹注於花團錦簇的繞樑

漸漸從盲者摸象

卻狂如萬眾的交響

爆發聲光最高的分貝

忽而高音低音揉合，再重唱

中音被晚霞所勘破

迴旋至無境的圓周舞池

千萬種管弦旗鼓交匯的剎那

只高歌一曲，照明燈下跳動的心臟

早就收留住一把熊熊的烈火

2010年10月28日

神話章魚保羅

二〇一〇年海洋生物預言家
人稱保羅的章魚帝
在日爾曼，乃至見光的角落
世界杯足球賽的射腳
滾球尚未躍過龍門
牠已預見，而且八次
每次都是箭靶的紅心

而且在西班牙，捧杯的狂歡
日夜敲打翻滾平靜的夜
世界杯萬歲
神算章魚保羅萬歲

但在德國奧柏森豪

燈光四射飼養保羅的水族館

集焦的售書簽名會勝過名家

希臘小島龜類救護基金代言

廣告和電影的強光使體弱

曾經平靜一千個自在歲月的保羅

忽然因盛名疲於奔命

壽終正寢，享年二週歲又六個月

註：預測2010年世界杯足球賽成績八次皆中的德國奧栢森豪海洋水族館飼養的章魚保羅，一夜聲名大噪後忙於簽名售書，拍電影廣告，基金代言等，不幸於今年七月中旬因故死亡。

2010年10月29日

白日夢

口袋久藏的白日夢

閱歷了厚厚經典

名家出擊在手高眼高之峰頂

我則流落眼高手低的行雲

生命火烈進度的炭爐不如預期

時日是疏鬆散散

看着青山的夕陽漸遠

沒有滴血的激情

鄉愁的門檻無淚

驀然驚覺冷冽的窗前

枯黃瘦葉散落滿地

上弦月永遠的微笑

日曆上還得撕走零碎的每一天

2010年10月30日

週日

清早楊桃樹蔭下
少婦掃着落葉和一線陽光
後山的鳥鳴漸漸傳到耳旁

中年提着一桶水下樓洗車
污垢和沉澱過的心思
在週日大清早全部抹掉

麥片麵包的早餐和咖啡
隨後在蔬菓鮮肉擁擠的菜市場
此時腕錶正好跳到七點半

閒閒散步適合垂釣的下午

大型書展開開合合每一本可讀的線裝

人潮不斷湧入購物的天堂

2010年10月31日

時間

艷陽天色和熙

髮叢中抽出一根白銀

投向湖心，碧澄

漣漪流波不止

再穿入地心，鑽出

金鋼的鐵羽

腳步聽聲上樓

樓上八卦鐘銅鉈擺動

鐘聲的達迴旋

旋轉木馬的上空

雲天飄過矮樓

山色靜默

又一輪殘照掛在窗前

在他的航道中

魚族奔走相告

於清早的新葉上

鋪一層蜜醬

盛開滿池的蓮花

2010年11月1日

途中

野外棕油樹林廣闊無垠
航空站塔尖開始轉動
大鳥的翅膀和引擎
準備啟航到另一個蔚藍的雲層和晴空

曾經沐浴荷蘭殖民的老街場
島嶼相通串在連體的臍帶上
火山熔岩灰厚和海嘯沖岸魚蝦
煙霧迷濛了多難的印度尼西亞城邦

飛行時張望的航線
降陸在心跳加快的瞬間
這時移民廳窗外的細雨
正洗滌幢幢高低樓房的煙塵

氣壓如老鷹在空中盤旋

夜色厚重似老朽匍匐獨行

2010年11月2日

寫生

服務台螢幕閃現的房號
一排世界地圖瘀漬的名單
升降機接到遲來的訊息
宛如匆趕末班火車的辛勞

進進出出嘆息的手提行李
快步慢走鄉間的椰林小道
輕音樂自在如流水
舞榭的樓台
準備電源和插座
為快上演的新戲傷神排期

圓珠筆半夜殷勤謄稿

原創的篇章日出三十年

2010年11月3日

銅像

遊覽車照後鏡那排車陣
強奪銅像的巨影市容
在大鐘樓和陽光廣場對面

外國攝影隊搭架捕風捉影
寫真聚焦於旗幟飄揚
後巷中央藝術坊的那張黑白照

倒影和銅像並肩
人群被擠到
單行道劇院的後方

*2010*年*11*月*4*日

夢幻馬克思

馬克思階級鬥爭殘留碩果

枯燈下完成重金的共產王國

東歐宣言起義

倫敦寒冬的街頭沒有日爾曼

猶太人群居在冷風中取暖

那年他的死期遇到刺蝟

蕭索一小隊葬禮

好友恩格斯悲情迎風

慷慨激昂的頌辭與荒塚同夢

一直在北緯五十度飄蕩

新墳的黃土坡地無聲

腳印寂寥，最後來送行

舊友僅九人

2010年11月5日

流亡

流亡是一所警察學校

隱藏舊時豪華宮殿的背影

殘瓦鋪蓋一條碎石小路

有些心事像詩

隨時可以下酒

2010年11月6日

火

高溫之火與堅忍的岩石錯誤婚媾

在地底日夜糾纏，長年仇視

遂有火山頻頻爆發，在印尼

硝煙滾滾瀰漫大地

逃難者在雲端的灰燼中

成了螻蟻

2010年12月1日

文采

寒意中文思紛至沓來

新詩的血液阻塞開始繞道

以抒情管樂迴盪

簫笙尖拔，如入萬空交響

在這夜的歌榭樓台

實為一己的宣洩掀幕演譯

黑暗中有些光點，從遠至近

他唯一的風中唱伴

天涯潦草，若存在沒有靈光和神思

他將向更近咫尺的死亡靠攏

2010年12月2日

膠工

婦人衣衫單薄，凌晨四點

頭掛油燈尋入膠園

照着橡膠樹七尺下身

尚未長皮的裸體

復又從樹溝的上層

剝去昨日沉澱的殘跡

順勢輕巧從上至下，從左至右

彎彎劃去一層脆皮

膠汁乳白流滴

緩緩淌在杯中，一吋一吋長高

等待計時的凝結

在舖滿一地黃葉的叢林和濃霧

她擔挑的重量斜斜下墜

成就俐落的割膠手臂

遂和園主分享收成的碩果

為的是明日還要早早起身

如舊提燈走入樹林，割膠

視察昨日那一刀劃過的赤裸身形

換上新皮，在風中取暖

2010年12月3日

葉木春傳奇

他在新村，取名增江的福地
葉木春不是傳奇
蹉跎歲月渴望撈起
在每日清晨冷冰的水面上
能映照自己落拓身世，並且

出國探親，鄉音挾着鄉愁
時日有些發黃，可追溯幾百年的雜草
拓荒的十八世紀，英殖民的狂風
橫掃半島熱帶的雨村，一些
斷坦殘瓦，曾祖父之盛名
甲必丹葉亞來墓前與華團貢桌生果
公祭，保佑早日認定存在的

身份，並和妹妹葉秀雲

佇立墓陵左右兩旁留影，向蒼天祈求

却留不住那一紙，易如反掌

自印表機泣血重寫的文件翻新

又好像葉亞來充滿驚慄

刺蝟般的毒素流淌

繁華街市非得大力擠壓

那路名，在數間蒼黃矮店

朦朧街角一再萎縮，最後

成就所有高樓底下的鬼魂

白雲蒼狗之哀悼

而今甲必丹葉亞來如臨的荒塚

前方枯樹灰鴿冷清依傍

久久等待眷屬回巢

當會靜待生靈自亂土中跳出

連同豎立的墓碑向寒風緊緊追述

註：吉隆坡開埠功臣甲必丹葉亞來四代曾孫的故事。2010年12月4日報載，在馬居住超過七十年，至今尚未取得身份證的葉木春，始終無法出國探親。他現在居住在全國最大新村之一的增江。

2010年12月4日

死亡鐵路

一九四一年，蝗軍如野蜂掩蓋

嗡嗡炮轟，武士刀飛舞

濺血之戰橫掃半島，落地頭顱

狂風吹襲每一張變色的臉

凍地般嚎哭

歷史看不到鏡子的後面

尾隨饑寒，如土撥鼠

挖出番薯如挖出自己眼珠

蝗軍急聘，流言徵召

待遇從優的機器廠學徒，傻傻的

我就跟著狂風沙的大隊

抵達暹羅的深山野林

在泰國，與蚊蟲蛇蟒為伍
獵獵的大風北行，星夜摸黑
風聲如濤拍響一條不歸之路

山頭的日月，伐木有叮噹
走過陰森和蠻荒的碎石路
所有生靈在莽莽激流之中
共同開墾一條落荒鐵路
為侵佔的新血連接運轉
冷冷鎖住，並構築一面
第五鐵路聯隊的大旗

每夜在破漏的亞答屋簷下
徘徊想家。爐上的乾柴
烈火青中帶紅，把盛怒升空
惆悵和不平從火鍋中併發燃燒
終至敵不過疲勞和虐待的鐵棍
霍亂和痢疾的快速傳染
一個個倒下，魂斷他鄉
一一撇下槍林彈雨的黑霧
也撇下蝗軍的武士刀
那猙獰猥瑣的千面惡獸
勒令螞蟻爬動，開山劈林
每個鑿印日夜滴血洒到
這陰森和蠻荒的野地

深埋成千上萬飛竄的孤魂
鐵輪和鐵條火拼磨擦
在不能回頭，無岸可望的疆埸
唱最熟悉，且驚心動魄
歌謠，再不哼唱恐連不成
數載的鄉愁如鎖鍊般牽腸

最後，倖存者搭上搖晃的火車
隔數日瞭望更遠的蒼穹
真的很遠，遠如北地刺骨的寒冬
一條血路從北邊的斜線一直
流淌，在鵝麥河畔的吉隆坡
換取陰魂不散戰慄與陣亡

冷風凜冽吹起寺廟的香火

禱頌的輕煙狂捲泰緬邊界

魂斷溪邊

魂斷泥沼

魂斷荒野

魂斷穿腸

於是立碑不朽在雲端

死亡鐵路塵封地底

註：看了11月3日星洲日報報導泰緬死亡鐵路倖存者張旺來的親筆記載史跡而寫。張旺來說：因為誤信日本軍召聘當機器廠學徒，結果踏上不歸之路到泰緬修鐵路，數萬人北上，很多人沒有命回家。

原計劃在6年完成的鐵路幹線全長415公里，結果在戰俘和華工因過度疲勞、營養不良、虐待、瘧疾和霍亂、痢疾等高死亡率的代價下，終以1年5個月竣工。戰爭結束前，就有9萬4千人死於他鄉，其中以馬來亞的戰俘及華工佔最多，死亡人數4萬2千人。

2010年12月6日

生日快樂

壽辰雲集亮麗燈蕊

慣例是唱生日快樂

聽母親說

吃木薯粉攪拌高溫井水

一大碗的漿糊粥和涼風進食

於翠綠煙草園不遠處

大樹下嬰孩時的搖盪鞦韆

這樣就長大叟叟如蚱蜢

很健碩

在雪一樣白茅草花叢

破屋旁煮大鍋菜的豬簝

日夜與蚊蟲蛇蟒劃地為牢

對著溝渠的幼小魚群照鏡
臉部表情青澀如含羞草
暗戀的情人常常
從女生宿舍踏步凝視錯過

我的生肖屬蛇
日子按部就班
想想總是沒有驚濤駭浪
最喜歡看戲，劇情的大澈大悟
遊山玩水進了大觀園
紅樓夢的滿紙荒唐，又是心酸

更喜歡白蛇娘娘

許仙那種長情落拓

引來蝦兵蟹將和法海和尚的

天兵猛將對決，水浸金山

在杭州，美麗的愛情

最後僅剩一座傲骨的雷峰塔

2010年12月7日

家鄉的泥土
——致何乃健

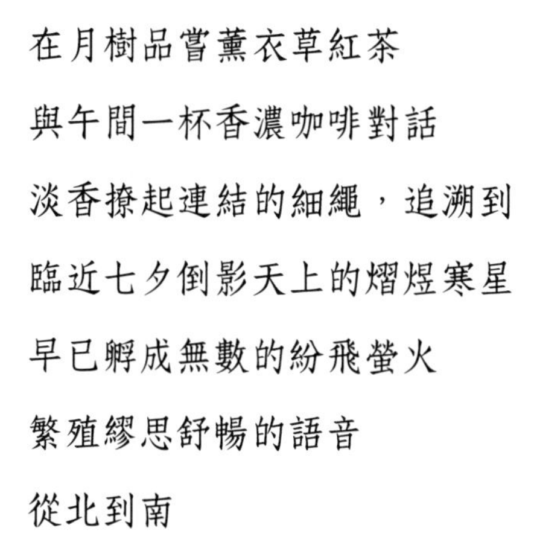

在月樹品嘗薰衣草紅茶

與午間一杯香濃咖啡對話

淡香撩起連結的細繩，追溯到

臨近七夕倒影天上的熠煜寒星

早已孵成無數的紛飛螢火

繁殖繆思舒暢的語音

從北到南

現在孵成的螢火星夜閃爍

米鄉殷勤收割

樹上纍纍果實

並以五十寒暑的廣袤阡陌

持久翻種水稻的幼苗綠葉
帶一把家鄉的泥土，灑向
大河，墾荒和灌溉
兩岸良田薰香的煙火
坐看雲起花落

溫潤的晌午
牽動文思的動脈
復又回到最初，晶亮廳堂
茶水相逢，牽引幾段
雀躍和期許如繁星
那些章節依伴北上

啟動回鄉的火車

一路如影隨行

後記：月樹為吉隆坡文友經營的茶坊，環境舒適淡雅，是作者與何乃健多次相聚的地方，薰衣草紅茶則是作者最愛。詩中第4、5行乃何乃健詩集「流螢紛飛」中起首詩句的變調，不敢掠美。另又聞何乃健近期將五十年來創作出版全集，且即將付梓，心中欣喜及充滿期待，回家後即寫成此詩相贈，對良師益友文學事業有成感到欣慰。

何乃健久居米鄉吉打，他也是知名的水稻工作者。

2010年12月11日

八卦鐘

銅鉈不曾因
日出日落而停止擺動
發條的鏈鎖趕上星夜

門外風蕭蕭
門內冷清清
如歌的淅瀝數百年
大小齒輪依然自如轉動

外面冷戰的風雨
裡面岑寂的燈火
多情長短細針

緊跟移動的流水

順時的每一時每一刻

滿足宇宙乾坤裡

遊於陰陽八卦中

2010年12月25日

詩的傷口已經結疤
——遙寄方昂

上午前進檳島訪友遇雨
滂沱多時，最後閃電水災
沿途海岸水浪窺探
向車上開暢的心房收索音符

電話那端是敘舊的話題
在北方高昂的潮浪聲中
冷風狂烈襲來
那夜餐廳燈光微暗
眾人舉杯另一角沙發上
銀色歲月攝入三個搖動身影
相送於酒店前微風的大道旁

久不見北方詩國有舞劍的天空
唉！詩的傷口已經結疤了
久不見寬宏的胸襟看海
用大量的血寫詩
我的關切好像文字和筆
永在稿子上捉迷藏

不料那日一通斷線電話
復又接獲感嘆的短訊留言
詩的傷口已經結疤了
已經無法感知溫潤的手筆
在海口追尋那顆燃燒的落日

數小時後，刮起一陣強風

中年漢子昂首

向空中發出獅子吼

投靠繆思的窗口

一路狂草

五年來破題的第一首詩

附註：今年7月21日上午從北海過檳城大橋，剛抵檳城，遇傾盆大雨，一時如水鄉澤國。抵達酒店後與初遇的沙河喝下午茶，晚上復又和沙河及方昂相聚，於餐廳旁沙發上拍照留念。多年不見方昂寫詩，問起時他也顯得意興缺缺，心中著實悵然。

12月24日，收到陳大為、鍾怡雯主編的《馬華新詩史讀本》，收錄1957至2007年五十年來24家詩人作品，致電方昂可有收到贈書？讀了方昂在讀本收錄的詩，萌生感慨！不意數小時後，方昂致上手機短訊，寫道：「詩的傷口已經結疤了」，心中正為這傷感句子纏繞時，不料隔了二小時，方昂又傳來短訊：「謝謝你，今天竟然寫了一首詩」，遂催生遙寄方昂的詩「詩的傷口已經結疤」寫作衝動。詩中第三段一些詩句皆方昂1992年詩作「讀『憂國』」及1998年「家居」中引用詩句的變調，其中原詩有「文字和筆在稿紙上捉迷藏」，「你寬宏的胸襟和大量的血」，不敢掠美，是為記。

2010年12月29日

第四輯

長江大橋　2010

啟航

步履在花紋斑斕地磚徘徊
超市琳瑯滿目盡是
燈飾繁華。步下鋁棚停車場
進入冷衣外套的櫥窗擺設
折射踏上旅途的視角

日夜星辰有些醺香

此行三千里路海棠葉版圖
雲和月，斜陽穿入梧桐樹影
落葉鋪蓋滿地金黃
首日帶些微冷的秋盡冬初
那無垠的滄海桑田

有眼睛的照相機

蒐尋攝入稻田和運河彩照

用耳朵的收音機

聆聽大地廣闊天籟的妙音

展開肺腑的心葉

網羅和感知迷亂的高山流水

在十萬里雪白的高空

雲梯乘風遨遊

款款迎來魚米之鄉的江南

*2010*年*11*月*7*日　蘇州

蘇州燈夜

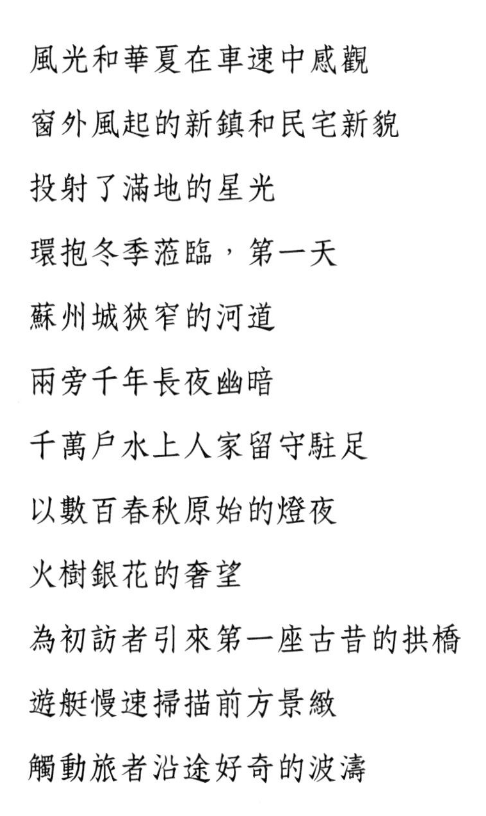

風光和華夏在車速中感觀

窗外風起的新鎮和民宅新貌

投射了滿地的星光

環抱冬季涖臨，第一天

蘇州城狹窄的河道

兩旁千年長夜幽暗

千萬戶水上人家留守駐足

以數百春秋原始的燈夜

火樹銀花的奢望

為初訪者引來第一座古昔的拱橋

遊艇慢速掃描前方景緻

觸動旅者沿途好奇的波濤

若干陳舊的殘瓦等風化

且久遠，在擴散的泥濘和血漬

歷史的灰塵和故事連結段落

真實以一條水路悠遊張望

淺黃的燈火懸掛兩岸

船隻卻遠離千載的神話

投靠到更遙遠的港灣

蘇東坡在此仰望長嘆

二千五百年吳中第一名勝

無緣神往虎丘富饒傳奇[註]

只把城外寒山寺的身影

放大窮極瞭望

也罷，燈影和人影入夢飄搖

一一皆醉倒在蘇州河畔

註：素有「吳中第一名勝」美譽的蘇州虎丘山風景名勝，蘇東坡曾經吟誦「到蘇州不遊虎丘乃憾事也」，予我，到蘇州不遊虎丘，同樣是憾事一樁。

2010年11月7日　蘇州

絲綢

繭脫殼，蛹在竹箔中隱痛
飼葉在成長四眠中
幼時如蟻，桑葉細嫩
剪切成絲，在蠶變中照見自身
第三眠大葉去梗餵飼長大
不可間歇的江南故事，在太湖

詩經的採桑步入後現代
投身於姑蘇城匿大的養蠶廠
抱枕的體溫純白
永在十八度的蠶絲被抗高溫
日子爽朗，亦在五十八度盛夏

絲綢之路隱約於眼前

帶著風沙和駝鈴闊步

商旅的大隊唱著大漠的悲歌

又一沙塵在龍捲

把旅人的舊夢投抱蘇杭

2010年11月8日　蘇州

真趣亭

——蘇州獅子林亭院

園林名勝風光旅次探幽
於九獅峰迴廊觀覽向外
一疊又一疊遠山近水
把入門拱形大宅，臥雲室
假山和天井照映許久
在每個閱覽者心坎深處
驀然之間回到前朝，又好像
走入迷宮的九曲山路漸行漸遠
翠綠垂柳下忘了歸途
也不願回頭

走廊上穿過飛檐古樓房
清帝乾隆親題真趣匾額

剎時到了忘機得真趣
蘇州獅子林亭院最幽美的
亭柱下與妻留影，數說從前

真的是元代明園的歸宿
或是假山王國的起點
騷人墨客行經湖心亭徘徊
當會在燕譽堂酸枝椅上品茶
短暫和車影喧囂隔絕
確可獨享層次深邃
雖鑿池不深但回環曲折之
小小飛瀑流泉隱沒在
花木扶疏和古樹名木之大氣間

2010年11月9日 南京

長江大橋

地陪小李說：1991年伊拉克戰爭，美軍死了321人，然則1960年至1968年建造南京長江大橋，幾經千辛萬苦，卻犧牲了400條人命。

眼前橫跨一座雙軌大橋
在大浪的揚子江，此岸
猿啼八載風雪到彼岸
以血和淚打樁，往下
再往下去就是急促的呼吸中斷

泣血的工程皆為草木吶喊
盡早甩掉用具浮上來
風雨不改繼續潛下去
鋼筋混泥土沉井爆露血絲
完成最堅實無數擎天大柱

陸地上四層樓高，自此
延伸到無盡的對岸和村莊

冷冽的寒風從北向南
此時行人道橋端下層
忽有兩列對開的雙軌火車
鏗鏘從大江的肺腑穿過
穿過心臟儲存的寒暖
再引導視線，卻是
公路正橋兩邊欄杆
鑲嵌鐵鑄浮雕，驚動
生死浮沉著無數駭人的天幕
同時也幻影在行人道
許多玉蘭花雕蕭索的路燈旁

是歷史錯置和八年死傷
是建造工人寒風充饑，挨餓
啃那冷濕饅頭，隨意打盹
在累了的沉井導向船
則巨形雙孔雙曲拱橋屹立
排開在江中大浪迴旋的
是一座遠比籃球場更大的
橋墩，日夜在寒風中高長

那時南京西北的江上下游
滔滔江水依然阻隔
內陸通商與熙攘人群探望
終因水文複雜，而中斷
外國專家對江寬水急的考察

如今風霜與橋同在

宿命的遊魂與橋同在

更與滔滔江浪同在

從橋頭堡無窮鳥瞰的鏡頭

他們用血淋淋的身影建造

揚子江流經青海，過重慶

一直急湍到南京更南端，却向

蒼穹無際宣洩落暮的繁華

更驚動無數佇立的水鳥

逃亡於怵目驚心的葬地

與生銹的夢魘永沉江底

2010年11月9日　南京

屠城

南京大屠殺紀念館現場

這裡屹立三十萬個頭顱
深夜纏結日落的太陽旗
萬人坑上每一處的蕭瑟陰暗

冬陽斜照的早晨感覺冰寒
五層樓屍骨上端踏實的大地
細小黑金岩石染成一地的血紅

瘋狂進軍的槍械和炮彈
南京陷落的狂旗舖蓋在
一條載滿全是屍首的血河上

劫掠縱火濫殺強暴的每一刻

子彈瞄準太陽穴貫穿火紅的天空

最後是貧血的原爆，在廣島雲層上端

一九三七年，屠城的夜沒有星光

一甲子後的冬陽晨光不暖

唯在擎天的和平塔尖，流露一線光芒

2010年11月9日　南京

京杭大運河

一條河的命脈是水，追隨船隻
當泥土破開成了對岸的瓊樓
延伸一千三百年的啼鳴
在皇帝的詔書揣摩中
從京城穿山越嶺到杭州
大運河的缺口和水路
將從何地開始挖起

流過眼前是一千七百公里長
抽搐着生民動脈的航運
在群蛇走獸逃遁的遺跡中
夜鷹虎視匍匐工友的赤背
換來一餐天葬的屍骨

乾隆皇帝六下江南

每次帆影路過的水道

可曾遇到躍進船艙的魚群

向他追索前朝無主的水底孤魂

2010年11月10日　杭州

煙雨樓

南朝四百八十寺

多少樓台煙雨中

——杜牧

嘉興南湖煙雨，長堤迴環

晨光映照微微溫熱的樓房

在四週短牆和曲欄圍繞下

渡船排開水浪到湖心

石階碼頭鑲嵌過去和現在

千萬雙足跡引開眼前的牌坊

黑金發亮的字，拱門迎來

赫然就是煙雨樓

上午是濕地公園的河水載舟

蘆葦花開隨風飄搖岸外

六百年野生桔樹落葉芬芳

枝幹掛著金色香桔纍纍

一路從原始林木古宅的野地蔓延

再途經金庸題字落款的巨石旁

捕捉名人勝地風光，江湖豪傑

還有魯迅發聲的狂草

遂登上湖中島百年古樹參天

多形葉影下步履減縮

瀏覽前人擬就碑帖

揮灑出一片一片的神韻

與減速的風相看如鏡

折射粼粼的湖光倒影

此刻盈滿探幽對話的身影

前行裹著一扇半開心房

全程覓尋物件的原主

潺潺流水穿過亭台間

為樓取名，再翻看

多少失血的文化憂歡時日

於獵獵的革命流動中癱瘓

長征的凱歸無期

遂把密封的記憶破堤

絕裂而奔瀉在萬籟聲中

2010年11月12日　嘉興

上海所見

覽盡世界最高城市的奇異

觀光樓一百層雲梯

像穿越時光隧道，眨了眼

環球金融中心的臟腑

地標之座落開始感覺搖晃，有點盤旋

如飲高粱酒之微醺

玻璃窗下的行人車影

如同螞蟻盡收眼簾

電車、電動腳踏車和遊覽車

在路上如網穿行

遠處淘寶城的叫賣聲此起彼落

打開哈哈鏡的說書人朗朗上口

一唱就是數朝的從前

中國第一街南京路任你擺搖

人頭竄動在冬陽如熱浪洶湧

一直把夜色推到更遠的巷弄

火樹銀花光彫，牽掛在

梧桐枝幹極盡繁華，也有閃爍燈火

入夢成為一體有序之歷史文化長城

又是時尚和魔術的星夜螢幕

一路攤開又靠攏，靠攏又攤開

夜上海彫琢萬般神韻

更像海市蜃樓

唯落日的餘暉款款向下

當可遍洒至更遠的澎湃波濤

2010年11月13日 上海

琉璃夜光

登上黃浦江船
乘浪悠悠環繞
和上弦月共枕煙雨
擁抱兩岸潮濕的燈火

萬盞樓房外的鎂光
猶如千縷煙花衝向太空
上海的夜輕踏舞步疊浪
把我推向萬人空巷的艙板
灌醉滿地驚喜的星光
又把涼風的圍巾
繞在看海的脖子上

是黃浦江浪激流

時刻拍向更遠的外灘

黑金的鱗波沉底

魚游長江多泥沙堰塞的終端

誰在乎歷史的十里洋場

搜探海赫德路公寓樓台燈旁

可有一處夜營的喇叭調子[註]

專程為仰慕者的虔誠

向海上的水鏡悠悠呼喚

作過客的速寫，拼湊

七十八轉年輪的黑膠唱片

默默數著蹉跎時日的親眷

聊表對黑暗的風華開窗又遠望

夜的上海明珠和風對串

倒掛痴看遊子異樣的冷衣外套

賦歸時在浦東機場合照，在意

衝破雲霄一路稱奇的目光

註：張愛玲曾在上海海赫德路公寓住過，大陸淪陷後移民。
夜營的喇叭為「流言」書中一篇短文，描寫夜裡軍營有人吹著喇叭的調子，額外引人感傷。

2010年11月13日 上海

附錄

烏托邦幻滅王國
——記十年寫作現場

李宗舜

（一）少年情懷，誤闖武林

緣份應可追溯到四十年前的一九七〇年，霹靂州美羅中華中學，同屆不同班同學，黃昏星、周清嘯、廖雁平、葉遍舟、余雲天、吳超然和其他同學，都會不約而同就緒在課堂裡，圍坐等待說書人開始武俠小說「血河車」的另一章節，年少情懷闖進了武林，書劍恩仇，肝膽俠義，更多的是刀光劍影，殺氣騰空，人翻馬仰。說書者收放自如，課堂鴉雀無聲，窗外落葉飄飄，聽故事者怦然心動。

管他說書的故事是讀來的武俠小說，還是個人自編自導的創作，懸疑處處，人影翻飛，總之驚心動魄，每到精采處，說書人必會馬上踩煞車：「時間到，下回分解」，日復一日，大夥兒天天追逐，過了癮，非得要聽完為止。

這說書是大家的同學溫瑞安。

「血河車」故事好像一直到大家中學畢業還沒有結局，情節一直延伸，以不同的人物新貌粉墨登場，從美羅戲院街U三十一號振眉閣、黃昏星大廈、金寶的彩虹園及金龍園，一直到台北的羅斯福路三段、五段、木柵指南路、永和永亨路，十年之中從吉隆坡到寶島台北，由金馬崙高原到台灣阿里山，跨越地域，也跨過時間長河。

武俠小說路見不平俠義凜然正足以映照年少情懷，聰明的說故事者串連三國的劉關張桃園結義，肝膽相照，雖千萬人吾往矣之氣概。我們讀好不容易獲得的當代文學大家的作品，動人的文字道盡我們對中華文化的渴慕，深受感動，於是大家相互砥勵，把借來的詩文集重抄一遍，當作收藏品，囫圇吞棗燈下閱讀，日夜揣摩作家的身影，相濡以沫，每讀到好詩時，劃線塗鴉感想，佳句統統背誦多遍，貧乏的天地一下子豐茂起來。讀書外，更加殷勤筆耕，互相刺激的結果是大量作品出現，那樣的年代結合不只是年少的文學情懷，更影響美羅中華中學的部分同學大量投入創作並準備結社，舉辦中秋月光會，端午節向詩人屈原致敬外，在其他文學聚會時不斷的影響新人加入，對繆思的追求並孕育了文化的鄉愁。那時對文學的追求抱持真善美的態度，我、周清嘯、廖雁平等日夜「鬥詩」，把背起來的詩牢記準備隨時隨地朗誦比賽，當第一位朗誦詩人的佳句時，還須報上作者的姓名，下一位也須誦讀和說出詩人名字，「鬥詩」才算過關，無法接上者，淘汰出局，撐到最後的才是贏家。年少氣盛，更加好勝，不服輸的結果是，大量前輩詩人的名句朗朗上口，成為當時文學聚會的勝景，也奠定了個人創作的一些基礎。鄭愁予「我噠噠的馬蹄是美麗的錯誤／我不是歸人／是個過客」多麼深入每個人的心坎啊！蕉風椰雨的文化鄉音成了唯一的知音，我們在逆境中走向理想大道，寫詩，聚會，結義，然後結社，期待凝聚一盤散沙，做文化沙漠中的中流砥柱。

對農家窮子弟，讀書求學問是一輩子的事情。碰到讀書人有大志，才華超群，覺得與他共事，往後必有作為。年少的心智開了花，於是乎，溫瑞安登高一呼，前述的六人與溫瑞安結義，「剛擊道」七兄弟就在美羅戲院街的溫宅振眉閣前立誓為盟，準備幹一番事業，編詩刊是我們「大事業」的開始，從一九七〇年到一九七三年，幾個十七、八歲的少年，輪流編輯手抄本綠洲期刊，摸索寫詩或創作，為了一窺文學殿堂，當時台灣作家詩人余光中、鄭愁予、葉珊、瘂弦、洛夫、張默、周夢蝶、和散文家張曉風的文學作品皆成為眾人高遠志向的目標和學習對象，還有兩期的余光中和葉珊特大號專輯手抄本的綠洲期刊面世。

因為才華出眾的溫瑞安，我們知道他有位哥哥叫溫任平，六十年代末七十年代初就已出版兩本書，一本詩集「無弦琴」，一冊散文集「風雨飄搖的路」，也在港台重要文學雜誌及副刊發表作品，仰慕之心結成纍纍果實，變成追隨理想的對象。這樣的書香世家，背後肯定有位了不起的父親，他是溫偉民先生，我們中學的華語課老師，教學認真生動有趣，又富幽默感，也在潛移默化中影響大夥兒對文學的興趣。

一九七三年，溫任平從彭亨州文德甲國中轉至霹靂州冷甲小鎮執教，天狼星詩社成立，溫任平任社長，各地的分社也紛紛成立，從最早的綠洲、綠林、綠叢、綠流、綠野、綠田……等一一向外擴散，一個充滿朝氣、無限活動力及創作力旺盛的詩社於焉誕生。

（二）戲院街振眉閣，油站旁黃昏星大廈

我們編手抄本期刊，藉由傳閱散播文學的種子，三年下來，各方來會，振眉閣絡繹不停的腳步聲，成為大夥兒創作與取經的沃壤，中五畢業前後，我已從農村搬到美羅大街油站後面的黃昏星大廈住下[註一]。住處雖簡陋，却也寬廣。周清嘯、廖雁

平、藍啟元、葉遍舟、余雲天、吳超然常來相聚，來的時候絕不空手，好詩好散文，一則向對方顯耀，再則是良性競爭，創作上有精進，不亦樂乎。當時遠從北馬的綠叢分社社長許友彬，也遠途投宿，星夜談文學、展抱負；烙印許多玩味的回憶，年少的苦澀甘甜。創作的啟蒙從那幾年開始，雖年少不識愁滋味，寫些風花雪月，真摯抒情感懷，也流露不羈的書寫方式。一直到我的詩作「最後一條街」參與競逐「唐宋八大家」，獲得當月榜首，努力摸索終於受到肯定，喜不勝收。我們勤奮耕耘寫作，筆下那段青春歲月，年少的壯志竟在文學聚會時展現了無限開闊的天地，詩與文學，正是理想的夢土。

文學的殿堂在寶島台灣，我們沉醉在詩人余光中筆下五陵年少的夢土，終有一天要去朝聖的。這樣深沉的嚮往，讓溫瑞安和周清嘯萌了提早赴台之心，一九七三年九月餞行會，依依不捨，原以為他們此去經年，闊別三數載，很快就挨過去。不料十一月中旬任平兄赴台參加第二屆世界詩人大會結束後，十一月下旬返回大馬，機場上赫然出現在大家眼前的，竟多了溫、周二人。

迎接任平兄歸來的晚會在安順舉行，喜見溫、周二人休學回來，依舊召開文學講座，即席創作，是夜也安排媒體專訪任平兄。講座會當中，不意有位從吉隆坡前來參加大會的何棨良，說了一句話：「我在天狼星詩社看不到一顆明亮的星星」，此言一出，即遭所有社員群起圍攻，算是事後閒話詩社話題的小插曲。

（三）羅斯福路三段，秋風氣爽

今年五月二十日，適逢馬英九總統就職兩週年，公務在身來到中山南路的教育部和徐州路的僑務委員會，抵達時附近封路，繞了一圈。反對黨在此搭棚靜坐示威，偶有政治演說，悲情激昂，又穿插藝人演唱站台，無不熱氣翻天。帆棚蔭下擺數十張小塑膠椅子，示威者喊了口號之後，累了坐下，隔一會又湧往台前助陣。示威者繼續搖旗吶喊，行人各走各路。這樣的氣氛比照七〇至八〇年代草木皆兵緊急狀態，天淵之別，堪稱台灣民主政治的奇景。

下午二時拜訪文訊雜誌社，見了社長兼總編輯封德屏，企劃編輯邱怡瑄及同仁，也因雜誌四月號規劃「話神州，憶詩社」特輯，參與寫了一篇追述憶往文章，會見時額外親切。封總編提起正策劃另一特輯「回到創作現場」，當下提議到羅斯福路五段，木柵指南路及永和永亨路三地尋找當年我們神州的地址，二話不說，即與邱怡瑄、李文媛聯袂乘坐計程車，往羅斯福五段奔馳而去。

是日午時細雨霏霏，迷濛的天空一幢幢高低不齊的店屋樓房從眼簾閃過，恰似我回返三十多年舊居的心情。這幾處創作現場，雖已人非，然樓房是否依然存在？我在心中不斷告訴自己可能會出現的結果，也可能有奇蹟。

想我自一九九四年任職留台聯總，十數年當中，每回與各參訪團抵台拜會部會及參訪各大專院校，皆是來去匆匆，每次懸念尋訪故居，有心境無時間居多，待到有些空隙，心境上又矛盾重重，一瞬間就過了十六年。

前述提到溫周二人一九七三年九月赴台，十一月下旬又與任平兄返馬，他們重義和不捨之情足足又讓兄弟們豪氣的相聚一年時日，但朝聖之心沒有遞減，一九七四年至一九七五年初，溫瑞安、方娥真、廖雁平先行抵台，隨後我與清嘯亦在台北與溫、方、廖會合。當時溫、方住在羅斯福路三段一四〇巷十四弄三十號四樓，我住在和平東路，準備參加大專聯考等候分發。那時五個人雖分住各處，卻常相聚，「五方座談會」不定期在羅斯福路三段展開，這是聚居台灣的創作第一個原址，由於參與者只有五人，過去詩社史著筆不多。作為天狼星詩社社友在台的據點，除舉行座談會，更大的意義在於出版天狼星詩刊。過去編綠洲期刊手抄本只能傳閱，到了台北以鉛字精美付梓，流傳和影響更大更深遠。一九七五年八月四日天狼星詩刊創刊號面世，至一九七六年五月十一日大夥搬到羅斯福路五段九十七巷九號之三（四樓）為止，天狼星詩刊在羅斯福路三段的社址，前後出版三期。我們從秋風氣爽季節一直到翌年仲夏，喜見詩刊的出版，為此奠定神州詩社扎根的基業。初來台灣接觸到的詩社，首推「龍族」詩社同仁最頻密，施善繼、高信彊兄等。我們多次在施善繼家作客，後來出版詩刊也因他的鼓勵付諸實行。高信彊兄則把他的住家空下，農曆新年把住家整串鑰匙交給我們住進來，冰箱填滿年貨蔬果，任由這些遊子食用，異地有家的飽暖，倍感溫馨。那時我們也見證了現代詩和民歌結合，楊弦「余光中現代詩民歌演唱會」在台北公演。那是我們抵台後第一次親睹詩人余光中風采，聆聽了詩人台上朗誦自己的創作，足足咀嚼了一個季節的饗宴。

（四）坦蕩神州，豪傑雲集於羅斯福路五段

羅斯福路五段的試劍山莊，黃河小軒，七重天最重大事件，就是天狼星詩社與神州詩社分家，出版詩社史「風起長城遠」，神州詩刊第一號「高山流水・知音」（同仁詩合集）面世。

一九七六年十月十日出版神州詩刊第五期，發表神州宣言，標示著大馬天狼星詩社和台北神州詩社一分為二決裂，壁壘分明，口誅筆伐。我方的史料聲明是被天狼星詩社開除，收錄在溫任平《憤怒的回顧》書中的天狼星紀事，則一筆帶過：「溫、方、周、黃、廖等退社」，當中關鍵人物殷乘風，年少懷大志，中學未畢業就到寶島來一起闖天下。後來故鄉出版社印行的「風

起長城遠」詩社史當中許多長文，對天狼星詩社作出許多批評和指責，最終卻越演越發不可收拾，為此種下禍根。待我們多次返馬修好，天狼星眾社友拋頭一句話：「寫成白紙黑字的爛攤子如何收拾？」眾人也一時為之語塞。

羅斯福路五段的日子，風雲際會，令人嚮往。我、廖雁平、殷乘風在政大，溫瑞安、周清嘯在台大，方娥真在師大，我們創作讀書，新秀來訪，介紹詩社史，屋頂頂樓平台我們命名「七重天」，在此練武強身，核心人物陳劍誰、曲鳳還、戚小樓、秦輕燕陸續入社。大小聚會無數，即席創作，文武兼修。詩文集「山河錄」、「龍哭千里」、「娥眉賦」、「日子正當少女」在期間出版。陸續四方群英來會，川行於「聚義堂」，好不熱鬧，也忙得不亦樂乎。選擇羅斯福的據點最大的考慮，乃社員當中，以台大、政大同學居多，地點適中，交通便捷，容易相互支援，尤其「出征」賣書[註2]。後來新人胡天任、林雲閣、林新居、李鐵錚、吳勁風因緣際會成了另一股生力軍，豪氣萬千之試劍山莊神州人，最是亢奮的年少情懷，就是有理想，心中有大業而且要身體力行實踐完成。元人馬致遠若活在當下，路經此處，遙望四樓神州詩社燈火通明，徹夜筆耕的人影牽動，當會發放詩人的風采，高聲朗讀：

不知音不來此，宜歌，宜酒，宜詩

這樣的曲調置於當下還是非常現代的，若拿方娥真「高山流水」的琴聲附和，應相當契合：

若我深夜弄琴

音樂為冰寒

為山綠

為水暖

山水之外是風花，是雪月

雪月風花外的你正為琴聲而趕路

間中若有人鳴琴擊筑，則更多的妙趣和知音相惜。古往今來在時空的默契巧合投緣，牡丹綠葉，煞有新意。

這樣的結社投緣，時任中央日報記者陳正毅，對報導文學有專精，來社探訪，一見如故。他常夜闖山莊，大家談得激越時，我們就唱慷慨激昂的社歌給他聽，酒酣耳熱之際，陳正毅也將自譜的鄭愁予「殘堡」唱下去：

百年前英雄繫馬的地方

百年前壯士磨劍的地方

這兒我黯然地卸了鞍

歷史的鎖啊沒有鑰匙

我的行囊也沒有劍

要一個鏗鏘的夢吧

趁月色，我傳下悲戚的「將軍令」

自琴弦……

唱得極其悲壯，雄偉處留下餘音。我們和著唱，最後是一起唱，一起高昂及荒腔走板的唱下去。一次、兩次、三次、十次……久而久之，這首詩的唱法敲擊了眾社友的心坎，也成了記憶對方最明亮的和弦方式。今年五月二十日晚上，台大鹿鳴苑餐廳聚餐、朱炎老師、師母、亮軒、陳素芳、李男、胡福財、陳正毅、封德屏、邱怡瑄、李文媛，話匣子打開了就東南西北，甚是歡暢。我再次和陳正毅提起三十多年前一起唱的「殘堡」，我說：「還記得嗎？」他莞爾一笑，盡在不言中。

午時毛毛細雨，我們從對面大道跨上天橋，來到九十七巷九之三號四樓的現場，赫然發現四層樓房依然排列眼前，斜坡依傍的溝溪前築起圍欄。為了安全，九號前方之五號住宅前也圍上鐵欄，禁止通車，另則於溝溪前開啟平直通道，可通往新開發的住宅區以及更遠的景美。

喜出望外之餘，真想馬上闖入四樓和七重天習武場，看昔日飛踢拳打，多少四方士敏土磚塊為我而擊碎，並以銅鐵之心笑傲江湖，再作一次故人喜極的叩訪。文訊李文媛更為我心急，頻頻按門鈴，有人回應，即告之抄水電錶，直衝上樓看個清楚，拍照留影。但最後一線希望還是落空，只見昔日朱紅大木門，現已換上不銹鋼鋁門，此時我正陷入無語對蒼天膠著的思緒，在雨中深鎖了三十多年的回憶。過去活現的人物背景，大夥兒睡過的黃河小軒，有些遙遠的試劍山莊，振眉閣隱約的笑聲歷歷在目。毛毛細雨中，從眼角滴落的，不知是雨，是淚，還是淚雨交融。

當時的神州詩社就像冬天的火爐，吸引了許多人前來取暖，投身當中的新秀和社友，都有一個共通的志向，那就是一起做一番事業，家庭、學業就顧不了那麼多。若更深一層分析，也就說不出個所以然，是熱情和理想掩蓋了理智，不察覺中投入不明的深淵而欲拔不能。

詩人朋友中，渡也、向陽偶訪山莊，我們每次上陽明山中國文化大學拜訪，摘星樓風高氣爽，夜觀星海和俯瞻台北萬家燈光，寫詩懷念。有時黃昏下山，瞭望關渡平原，遙對觀音山落日長影，與詩人促膝夜談，三十年後回想，山下萬家燈火依然在我心中明亮。

（五）一輪清月映照木柵指南路

受影響而入社的社員漸漸增多，詩社日益壯大。著作、文集等出版品須有空間庫存，叢書從四樓搬上搬下很費力氣。住了超過兩年多的羅斯福路五段試劍山莊已不勝負荷，遂在一九七八下半年，尋得木柵指南路二段四十五巷二十號遷入，樓下的住處寬廣，設有榻榻米可供練武場，也由於地勢高，無須上下樓走動，叢書從印刷廠運來，直接安置於儲藏室，省掉許多搬運的功夫。也是在搬家之前，我們認識了以小說家朱西甯為精神領袖的「三三」文社。

神州詩社和三三的結緣互動則在一九七八年，我們常在辛亥路的朱家作客，神州文集及三三文集則是在每次互訪交流中完成，由皇冠出版社敲定出版計劃，詩社組稿或邀稿撰寫，皇冠出版社負責封面設計，出版及發行。一九七八年二月，第一集神州文集「滿座衣冠似雪」面世，一直到一九七九年十二月第七號文集「虎山行」止，前後都在羅斯福路和指南路完成，那時神州人與三三諸子交往甚密，也在對方的文集投稿以示支持。

由於以文會友，我們認識作家亮軒，他提供住家供小孩習武，我們幾個充當教練，亮軒和曉清姐還常下廚，煮一頓豐盛的晚餐，滿室溫馨。

亮軒為另一本神州史「坦蕩神州」寫序，諸多美言。一日他心血來潮拜訪山莊，帶來剛裱好的對聯：

天地軒中神州月

棕櫚樹下武陵人

這對聯成了往後抒寫的話題，也在照片中成了永遠的記憶。後來這對聯因搬家而不知落到何處，心中悵然之際，五月二十日台大鹿鳴苑餐廳一聚，亮軒送我馬祖東引名酒陳年高粱及他親筆書寫王維詩的字裱卷軸，為之欣喜，算是遺憾中有了一點補償。曉風姐則因在國外不克出席聚餐，回國之後把她的兩本書《送你一個字》及《再生緣》細嚼後，也算是在文章中遙對前輩的嚮往和感念。

前輩作家亮軒、朱西寧的美意與加持，仰慕者和熱血青年投奔來社，群英會集，這樣子的凝聚力還不夠，須擴大到文社，如此才能彰顯詩社人數眾多的格局，我們應邀演講，從台北到台中及台南古都。有一次到台南成功大學演講，談的是青年中國，歷史中國到文化中國的大宏圖。席間出現一位年近四十的青年沈瑞彬，發言應和，慷慨激昂，一時為之動容。會後與他交流，始知此君為台南客運站長，閱讀「風起長城遠」，「坦蕩神州」，深受感動，一股熱血，滿懷抱負。

如此魚雁交往數個月，某日深夜沈瑞彬叩訪山莊，同時提了行囊，說是要與溫大哥及兄弟們做大事，家庭、事業就顧不了，一切豁出去的血性漢子，當夜大家聯袂上山膜拜指南宮四方神明，庇祐神州眾生安康，社務順暢和不受干擾。

一九七九年年初到十一月，從規劃，付諸編務，到組稿及邀稿，神州社出版青年中國雜誌三號期刊，第一期的青年中國及第二期的歷史中國，因大夥兒轟轟烈烈的推廣，讀者來函，反應極為踴躍，各再版了一次。到了第三期的編撰，有人提議將詩社「出征」的彩色相片印成八頁，放在正文之前。作為青年中國雜誌的社長，我有義務提醒編委，在那年代，加插彩頁增加許多成本，辦學術性刊物重點在內容，而非圖文並茂的彩頁。社員躍躍欲試，寡不敵眾，我的憂心成了沒有和音的泡影。

後來又有人提議搞出版社，出版神州人寫的書，首推溫瑞安的武俠小說。

一九八〇年詩社搬到永和永亨路，出版大計付諸實行。我因忙於社務，指南路雖離學校政大僅數分鐘路程，卻無緣到四維堂、圖書館和女生宿舍多看幾眼。中文系詩友游喚，西語系詩人施至隆，在大一時常有交往，也因會務繁忙，和共同參與的長廊詩社擦肩而過。

勇闖文學路，理想之路外人看我們走得轟轟烈烈，實則暗潮洶湧。

（六）永和搞出版，期待的曙光

早在羅斯福路五段期間，就有一些社友因不同的因素而離開詩社，首先是殷乘風，隨後許麗卿、楚衣辭相繼退社，道不同不相為謀本是件正常的事，不足為奇，亦無須大書特書。然則到了一九八〇年初，集體退社的現象卻極不尋常，預示著詩社一步步走向頹敗甚至解散。

原以為搬到了永和永亨路一五三號的新社址，經營出版社及出版武俠小說，眾社友的經濟應可加以改善，這是我們在此扎根的事業。

永和永亨路的住處為兩層，還有個空曠的地下室，一樓辦公室，二樓振眉閣、黃河小軒，地下室乾爽，可放置出版的叢書，亦可充當寫作地點，夜深人靜，周清嘯最喜歡到地下室謄稿創作。

這樣的搬遷當算是最佳的定所，但怪就怪在許多事件相繼發生，甚至令人措手不及。先是家長來社興師問罪，帶走不回家的孩子，隨後陳劍誰和秦輕燕瓦斯中毒送醫院，我也因急性肝炎而住進郵政醫院，吊了足足一個月的點滴，出院後複診捉藥，如此折騰了大半年，卻因出版社發行部之業務不能停歇，休息不足下，病情一直時好時壞，一直到一九八一年返馬後，經過三年的休養始有起色。

社員進進出出原本尋常，周清嘯三退三進依然是好兄弟，怪的是退社的浪潮一波接一波，先是羅海鵬，他為表去意，竟然寫血書銘志，離異之心如此壯烈，亦是十年來少見。一九七九年九月長弓出版社印行的溫瑞安著作《神州人》，為此書撰寫代序的就是羅海鵬。羅海鵬在前言還把司馬遷寫《史記》、連雅堂撰寫《台灣通史》與溫瑞安寫的這部書相比，他還這樣提到：

> 瑞安先生自一九六七年起創「綠洲社」，經過了六年的努力，發展成一個擁有十大分社，一百三十多位社員的天狼星詩社。到一九七三年他和幾位共生死的兄弟一同回來祖國台灣求學，並於一九七六年結合台灣有志青年共同創立「神州詩社」，替國家厚植反攻國力；成為文化上的一支精兵。這神州社是詩社，也是文社，更是一個共患難同真情肯為國家社會文化教育做事的年輕人社團。自創社以來，不知發生多少可歌可泣的事。

讚譽、肯定，而且奉為圭臬，這般的肝膽相照，不料半年之後，竟變得如此慘烈，謎團不得解，直叫人對人性的兩極思變倍感迷惑。更多的是不知名的心酸。

直到更後期，其他社員如曲鳳還、秦輕燕、戚小樓、陳慕湘等核心社員幾乎在同一時間不告而別，失去聯絡，也無從知曉他們退社的原因。是甜膩的結交脫了軌，還是大家都疲累了？多年來參與詩社的事務，大小活動全力以赴，聚會時的喜悅，即席創作的苦樂，出版詩刊、文集的無限期待。兄弟姐妹結義，當初純真的情義好像在歲月不停的運轉中忽然變得渾濁不清，肝膽相照變了調，誰也料想不到。

吊了一個月的點滴，也足足讓我反省了一個月。當思緒沉澱後，晝夜反覆抽絲剝繭，理出一條更為明析的思路，日月輪轉，心中終於有了決定。我告訴自己，以後我將追尋屬於自己詩人的天空，一條寂寞的長路，作為理想追求的終結。

「經一事，長一智」代價未免太大了。多年來可歌可泣的光輝歲月將隨歷史的沉落而褪色。唯一不變的，就是懷著詩心，以較成熟的心智面對當下，盼望未來。

我將在病房寫成的日記撕成碎片，但還是無法忘記：

翻飛歲月，此去經年，含淚的臉譜，懷著一如既往常笑看人生。默默告訴自己：黃昏星已死，再生是李宗舜，刻意遺忘可以療傷，多年來的神州事蹟再作回顧，是兩照面，暗香人影，狂歌當哭。

此番來台，木柵指南路及永和永亨路社址，舊物不在，人事已非，較可告慰的，則是羅斯福路五段故居風雨相迎，一再挑起回憶和想起。

（七）結語：烏托邦之境，神州精神

多年事蹟，歷歷在耳，往事並不如煙，歷歷在目。我撰寫此文，過往銘刻於心，堅如磐石。有人野心勃勃，神州是他的戰場，也是他王朝的樣品屋。他抬手舉棋，猶如卒子過了漢界，就是回不了頭。詩社變質，新人多被遙控，設立各部各組由一人指揮，成了一言堂，社員若有不滿，則標簽小集團，群起圍攻，承受不了者退社，當之奈何。原本築夢窮得開心，沒有大志的和有野心的人做大事，希望往後成就大業。誰知社規嚴如軍令，又以成就個人為唯一標的。社友做錯事者理應小罰懲戒，卻被罰洗放大的彩照，永和永亨路的神州社，大廳掛的皆是溫瑞安大張人頭照片。

台灣白色恐怖末期，一九八〇年聲勢壯大的神州詩社不能倖免受到牽連。那年九月二十六日，警備總部大隊人馬深夜闖進永和永亨路神州詩社，帶走大量書刊、雜誌及卡帶，也帶走溫瑞安、方娥真、黃昏星及廖雁平。黃、廖二人經過二十四小時疲勞轟炸盤問，問不出所以然，翌日釋放。溫、方則轉至軍法處，三個多月後未經審訊即遞解出境，套上的罪名是「為匪宣傳」。這雖說是單一事件，但事後加以剖析，則和過去發生的許多事件有牽連，最後埋下伏筆，熱血青年所追求之理想，烏托邦的人間夢土，竟在旦夕之間成了幻滅的王國。現在回想起來，過去神州詩社所依附的文學疆場，有着幾許輝煌，每個人所經歷的波折和小小的災難，在某種意義上，是大家獨特共有的記憶，文學的力量把大家凝聚，最後大家也因文學而消散。俄國詩人涅克拉索夫的詩句「我淚水涔涔，卻不是為了個人的不幸」，也是我心中的明鏡，陪伴我走過許多彷徨而無助的日子。難道神州詩社短暫的幾年風雨注定了要走上一條不歸路！一個整體的建構瞬間為之崩潰，最終被洪流淹沒；帶些悲涼和無奈，從此流失了當年保溫的熱度。或者說，這些一心一意投身和撲火的社員來不及整裝歷練，就提早和未知的突變相遇，最後是兩頭不到岸，熱愛文學無法成就累累的碩果，最後還落得在各地流亡，流亡的心境像漂木，無根隨風飄揚。

過去許多追隨主事者成大事而不留名的神州人，在詩社忽遭巨變之後，默默在各個角落安身立命，不願再提起過去所受的傷害，執意維護詩社。他們對往昔的點點滴滴，常存於心，美好的收深處，不愉快則拋諸九霄雲外。三十多年來，誰都不願碰觸那漸癒合的傷口。大家都知道，一旦訴諸文字，覆水難收。曾幾何時，主事者卻聲嘶力竭，口口聲聲指責別人背叛和出賣，忘了自己乖離原則和初衷，試問這樣的人，有資格批評和責難別人背叛他嗎？若說神州詩社是溫瑞安武俠世界在現實的延伸和落實（鍾怡雯語），那麼大夥兒在阿里山結義相知相惜，奇緣結社，多的是肝膽相照之士，最後為何除了方娥真之外，其他的都是叛徒？

行文至此，感慨萬千，更多的是惋惜，神州詩社定位如何，歷史自有公論，我與眾詩友投身於斯，回首前塵，算是詩社的起起落落，也算小小江湖的興亡。眾多神州社友對詩原情有獨鍾，詩社散後各自尋找歸屬的夜空，但都抵不過寂寞的召喚，與繆思漸行漸遠，封筆經年。唯獨我，跌跌撞撞，停停寫寫，卻依然夜觀星象，埋首耕耘，永不言悔勇撞山火，詩心燎原，對詩神無盡愛慕，熱愛自剖以詩言志，也算是對曾經掏心扒肺，刮肝瀝膽的社友作了多次再版的緬懷。

記憶無奈，記憶也無限，記憶是心中永遠抹不去的版圖。

註1：當時大夥兒中五考完馬來西亞教育文憑（MCE，現稱SPM）後，為方便覓職及和美羅眾社友一起共事文學基業，「黃昏星大廈」則是油站旁多年棄置的住宅，經廖雁平父輩好友不收分文相讓，我在此住了近三年，眾社友進進出出的背影，為當時的文學創作營造了許多趣事和回憶。嚴格來說，當時綠洲社和天狼星詩社在馬的幾個創作場景，首推美羅戲院街U31號振眉閣，再則是黃昏星

大廈，隨後是溫任平的居所金寶彩虹園及金龍園。而今的振眉閣和溫偉民老師住宅高腳屋聽雨樓，在九〇年代已轉售他人，改建成排屋，「黃昏星大廈」亦不復舊貌，現充當機械儲藏處。金寶彩虹園及金龍園尚在，只是屋主任平兄早已遷出，久居吉隆坡，煙雨迷濛，經歷數十年，只可堪追憶。

註2：出征賣書也被當時社員們俗稱「打仗」，實則是推廣神州詩社的合集如《風起長城遠》、《坦蕩神州》及皇冠出版社出版的神州文集。另則推廣社員的文集，其中以溫瑞安的作品居多。出征前早已訂下日期與推廣地點，而且分成兩組競賽，對當時自願參加推廣的社員而言，每售出一本書，就可賺取十元或十五元新臺幣，對窮困的社員多少也有一定的幫補作用。另則於推廣文集期間也結識了不少朋友。多年後回到馬來西亞，許多臺大、政大的學長對神州詩社印象最深刻的就是他們買了我們的出版品，閒聊起來還為大家所津津樂道。當中像羅正文、劉志強、陳澤清都是當時在臺大校門外買了神州文集而認識結緣，現在他們都在留台聯總理事會擔任要職。而任職星洲日報總主筆的羅正文，也是促成此篇文章抒寫的關鍵人之一。

2010年7月30日重修

後記

笨珍海岸在哪裡？

李宗舜

二〇一〇年元月，臺北文訊雜誌企劃編輯邱怡瑄來電，希望在四月份規劃「話神州，憶詩社」特輯，廣邀所有當年參與神州詩社結緣的眾社員及友好撰稿，抒寫懷念結社的文字，起初我還有點猶豫，後經思慮，最後毅然決定行文支持。

這一年有許多事情陸續發生急轉而風湧雲動。寫作的意圖隨着心境的起承轉換，破冰解凍，努力掙扎突破，順從詩心那擇善固執的堅定不移，也造就了詩人這一年創作泉湧與暴發，對個人而言則起標竿作用，也是新的起點，重新出發。唯有觸覺擴散，體裁多元；透視關注當下，詩的生命從幼芽萌起並茁莊成長。

四月號文訊雜誌第二九四期終於出版發刊上述特輯；三十多年前的神州諸子不少響應了抒寫計劃，厚厚的數十頁專文確也創造了奇蹟，也為我的詩及散文創作洗滌了好久的沉澱，蔚為個人創作的藍天；宋朝詩人張先的名句：「心中事、眼中淚、意中人」的人事滄桑跌宕，在這一年來皆舖成一座脈絡可尋的城池，餘波蕩漾，陪伴我渡過原想好好追述的歲暮往事，而且如影隨行多時。

去年五月二十日因公務到了臺北，晚上台大鹿鳴軒聚會時，除了好友陳素芳、李男、胡福財等外，三十多年來一直想見的師長和朋友如朱炎老師、亮軒及陳正毅，都欣喜在聚餐上首次相會，暢飲盡歡而別。那回也和文訊邱怡瑄等到昔日寫作的多個現場尋訪留影拍照，但由於雨天，拍攝效果不理想，卻也意外寫了長文〈烏托邦幻滅王國〉，對詩社過去往事作了局部緬懷，心境也豁達了，場景也因故人星散，三十多年後彷彿再次回到眾社友那種驚喜的初逢。

〈烏托邦幻滅王國〉從六月起開始動筆，寫了兩個多月才完稿。再經多次修正，還是覺得不滿意，總覺得前後連貫不甚流暢，無法一氣呵成。寫散文原非我之專長，本應藏拙，然此時觸景生情，有所牽念，且有不吐不快之感慨，當之奈何！此文後經九歌出版社總編輯陳素芳多次修飾提點教正，始得完璧。我在散文的精進，得助於好友的忠言和修改，也更加的使我對散文的創作有了新的啟發，勇於挑戰。

我又向十月挑戰，誇下海口，要在一個月內，每天寫成詩作一首，長短不拘，一個月內不間斷，最後因毅然堅持，得詩三十一首，好生痛快。當然這三十一首詩也是多年來蓄勢待發，如箭在弦，且日有所思，夜有所夢的累積暴發而水到渠成，這對昔日詩社聚會時提倡即席創作，多少也能強力印證此舉對日後個人創作有所助益，並非得來全不費功夫。

十一月中旬，我和內人首次同遊神州大地，以遊客的身份和寫詩的心情踏上那片海棠葉土地的江南水鄉，竟也完成十首遊興之作，雖是隨興，卻也因過去和現在對這片土地依然有著憧憬和懷想，血液裡還偶爾流著長江大海的脈動。因有所堅持，最後發而成詩，著實也為二〇一〇年盛滿了個人創作豐收的季節。

期望在臺灣出版詩集是多年來心願，今年三月二十五日在台北經辛金順的引介，得以認識秀威的楊宗翰，當日在臺北內湖出版社約見，參觀及詳談，隨即敲定了出書計劃，確實了結擱在心頭多年的夙願。

收錄在《笨珍海岸》的四輯作品，為二〇〇六年至二〇一〇年的創作，是詩人在寂寥時的低吟，觀物移情的感懷，同時也是潛入內心深處無窮的探索，獨立和時間競走，擁抱大地同歡，更多世事的悲憫。此時落筆，備覺沉重、孤單，也無奈，旋即點化成詩，在空氣中承載它的重量。

笨珍海岸無所不在，不管你身在何處，靠岸的碼頭日夜觀看船隻的出航和歸人的日落背影，仍依然憑藉陸海相連相通，兀自載浮載沉，是為記。

2011年5月5日

語言文學類　PG0574　馬華文學創作大系01

笨珍海岸

作　　者／李宗舜
主　　編／楊宗翰
責任編輯／鄭伊庭
圖文排版／蔡瑋中
封面設計／陳佩蓉

發 行 人／宋政坤
法律顧問／毛國樑　律師
印製出版／秀威資訊科技股份有限公司
114台北市內湖區瑞光路76巷65號1樓
電話：+886-2-2796-3638　傳真：+886-2-2796-1377
http://www.showwe.com.tw
劃撥帳號／19563868　戶名：秀威資訊科技股份有限公司
讀者服務信箱：service@showwe.com.tw
展售門市／國家書店（松江門市）
104台北市中山區松江路209號1樓
電話：+886-2-2518-0207　傳真：+886-2-2518-0778
網路訂購／秀威網路書店：http://www.bodbooks.com.tw
國家網路書店：http://www.govbooks.com.tw
圖書經銷／紅螞蟻圖書有限公司
114台北市內湖區舊宗路二段121巷28、32號4樓
電話：+886-2-2795-3656　傳真：+886-2-2795-4100

2011年7月BOD一版
定價：230元

國家圖書館出版品預行編目

笨珍海岸 / 李宗舜作. -- 一版. -- 臺北市 : 秀威資訊科
技, 2011. 07
面； 公分
BOD版
ISBN 978-986-221-767-2（平裝）

868.751 100009704

讀者回函卡

感謝您購買本書，為提升服務品質，請填妥以下資料，將讀者回函卡直接寄回或傳真本公司，收到您的寶貴意見後，我們會收藏記錄及檢討，謝謝！

如您需要了解本公司最新出版書目、購書優惠或企劃活動，歡迎您上網查詢或下載相關資料：http:// www.showwe.com.tw

您購買的書名：______________________________

出生日期：________年________月________日

學歷：□高中（含）以下　□大專　□研究所（含）以上

職業：□製造業　□金融業　□資訊業　□軍警　□傳播業　□自由業

　　　□服務業　□公務員　□教職　□學生　□家管　□其它_____

購書地點：□網路書店　□實體書店　□書展　□郵購　□贈閱　□其他

您從何得知本書的消息？

□網路書店　□實體書店　□網路搜尋　□電子報　□書訊　□雜誌

□傳播媒體　□親友推薦　□網站推薦　□部落格　□其他__________

您對本書的評價：（請填代號　1.非常滿意　2.滿意　3.尚可　4.再改進）

封面設計____　版面編排____　內容____　文／譯筆____　價格____

讀完書後您覺得：

□很有收穫　□有收穫　□收穫不多　□沒收穫

對我們的建議：______________________________

____

____

____

請貼
郵票

11466
台北市內湖區瑞光路 76 巷 65 號 1 樓
秀威資訊科技股份有限公司 收
BOD 數位出版事業部

（請沿線對折寄回，謝謝！）

姓　　名：________________　年齡：________　性別：□女　□男

郵遞區號：□□□□□

地　　址：____

聯絡電話：(日) ________________ (夜) ________________

E-mail：____